CW00705145

DU MÊME AUTEUR

Le Chameau sauvage
prix de Flore 1997
prix Alexandre-Vialatte 1997
Julliard, 1997
et « J'ai lu », n° 4952

Néfertiti dans un champ de canne à sucre
Julliard, 1999
« Pocket », n° 10978
et « Points », n° P2069

La Grande à bouche molle
Julliard, 2001
et « J'ai lu », n° 6493

Le Cosmonaute
Grasset, 2002
et « Le livre de poche », n° 30061

Vie et mort de la jeune fille blonde
Grasset, 2004
et « Le livre de poche », n° 30586

Les Brutes
(dessins de Dupuy et Berberian)
Scali, 2006
et « Points », n° P2070

Déjà vu
(photos de Thierry Clech)
Éditions PC, 2007

Site de l'auteur : www.jaenada.com

Philippe Jaenada

PLAGE
DE MANACCORA,
16 H 30

ROMAN

Bernard Grasset

TEXTE INTÉGRAL

ISBN 978-2-7578-1492-5
(ISBN 978-2-246-68021-5, 1ʳᵉ publication)

© Éditions Grasset & Fasquelle, 2009

À Ernest,
mon fils,
héros du feu,
en m'excusant de n'avoir pas choisi
pour ce roman le titre qu'il proposait :
L'Apocalypse internationale.

Arrivée

Les chaussures étaient dans le coffre de la voiture.
J'avais acheté de jolies chaussures japonaises pour
l'anniversaire d'Oum, et en sortant les sacs et les
valises de la Focus que je venais de garer après
trois jours de route devant le petit appartement que
nous avions loué en Italie, je les avais laissées au
fond du coffre, dans leur paquet rouge et noir : je
voulais être sûr qu'Oum n'allait pas les trouver
avant le 5 août, et je n'avais pas une chance de
réussir à garder le secret dans les trois pièces à
peine meublées où nous allions vivre pendant les
deux prochaines semaines. Le secret des chaussures
japonaises, au fond du coffre.

Nous sommes arrivés le samedi vers 16 heures
(Géo sautait et criait de joie), accueillis dans une
lumière aveuglante par Tanja (Tania), son mari
Michele et la sœur de celui-ci, Maria, puis pendant
qu'Oum vidait les bagages et préparait l'appartement,
je suis parti à Peschici (qu'on prononce Pes-ki-tchi,
avec l'accent sur la première syllabe) en voiture
avec Géo, qui chantait, faire les courses qu'on fait
le premier jour des vacances, pimpant dans les

rayons inconnus du petit supermarché local (du pain, des trucs pour le petit déjeuner, café, lait, corn-flakes, beurre, œufs, fromage, jambon, jus d'orange, du sopalin, du PQ, du produit vaisselle, six bouteilles d'eau, une bougie antimoustiques et une bouteille de whisky). Géo courait partout.

Le soir, nous avons mangé des pizzas sous les étoiles, puis nous sommes rentrés vacillants à l'appartement, nous avons couché Géo dans sa chambre et nous nous sommes installés sur les chaises en plastique de la terrasse, avec nos livres, la bougie antimoustiques entre nous. Depuis plusieurs mois, nous ne lisions que des romans policiers américains des années 40 et 50. Ici, dans le sud de l'Italie, c'était encore mieux. Nous sommes restés un peu plus d'une heure dans le silence et la chaleur nocturnes, la lueur orangée de la bougie, à lire, à boire du whisky et à fumer. Géo dormait.

Les deux premiers jours, tout s'est bien passé. Le troisième, non.

Départ

Le matin du mardi 24 juillet, je me suis levé le premier. À Paris, ça n'arrivait jamais. Oum était maniaque (comme on dirait « Attila était nerveux ») et se réveillait toujours deux heures et quart avant d'emmener Géo à l'école (juste en face de chez nous, de l'autre côté de la rue), pour respecter toute une série de rituels entre la cuisine et la salle de bains, sans lesquels elle se désorganisait et partait en toupie contre les murs. Elle gardait certains automatismes en vacances (le jour de l'arrivée, elle tenait toujours à s'occuper de tout dans notre nouveau décor, à tout placer, installer, ranger elle-même, méticuleusement, jusqu'à la lampe de poche et au chargeur de l'appareil photo), mais s'assouplissait tout de même, s'oubliait, déplacée, sortie de son contexte, de sa cage. Elle dormait bien le matin, en tout cas.

Je suis sorti sur la terrasse, engourdi et comme collé à l'intérieur par la moiteur oppressante de la nuit, il faisait encore plus chaud que la veille et j'ai dû ouvrir la bouche en posant un pied dehors. Il était à peu près 9 heures. J'ai refermé la porte vitrée derrière moi pour laisser à Oum et Géo endormis un peu de tiédeur relative dans l'appartement, j'ai posé une casserole d'eau sur la gazinière, qui se trouvait bizarrement en plein air, et je me suis préparé un Nescafé – je ne comprends rien à ces cafetières italiennes métalliques, en forme de sablier. Je me sentais lourd et préoccupé, sans bien savoir pourquoi (je me répétais, ce qui n'est pas bon signe, que j'avais toutes les raisons de me sentir insouciant et léger). J'ai allumé une cigarette et je me suis assis devant ma tasse en attendant que l'eau bouille.

Nous venions ici, à San Nicola, près de Peschici, en plein parc naturel du Gargano, dans les Pouilles, en Italie, pour la deuxième fois. Nous y avions déjà passé quinze jours deux ans plus tôt – dans la même « résidence » (qui s'appelait Nido Verde), et dans le même appartement : c'était agréable, en pleine forêt mais à deux cents mètres de la mer ; il faisait toujours beau, l'eau était claire et le sable fin, du miel pour les brochures touristiques ; Tanja et Michele, qui tenaient cet ensemble de maisons basses au milieu des pins, étaient chaleureux et simples ; on pouvait manger dans leur restaurant des pizzas à se taper la tête contre la table ; il n'y avait aux alentours quasiment que des Italiens, peu de touristes (le premier aéroport était à plus de deux cents kilomètres), juste une nuée d'Allemands roses tous regroupés sur un camping un peu plus loin, en bordure de plage, dans des caravanes serrées les unes contre les autres et cachées par les arbres ; les rues étroites et sinueuses de la petite ville de Peschici, à trois minutes en voiture, blanche sous le soleil écrasant, désertes l'après-midi, nous plaisaient –, et l'année suivante, nous nous étions aventurés sur la côte espagnole, dans une région quasi désertique bombardée de béton et peuplée de grosses femmes toujours en colère et de petits hommes fourbes qui tenaient des commerces et des restaurants hideux où tout était cher et mauvais : il nous avait donc semblé assez naturel de retourner à San Nicola. Une dernière fois.

J'ai versé l'eau sur les granulés de Nescafé, toujours vaseux. Malgré le vent qui soufflait violemment, et faisait claquer les deux grands paréos qu'Oum avait fixés à une corde à linge pour protéger un peu la terrasse du soleil, j'avais l'impression de me changer en tas de pâte molle, sans souffle. J'entendais de drôles de bruits, nombreux et presque réguliers, secs, comme deux noisettes qu'on cogne fort l'une contre l'autre. Ils semblaient provenir de quelque part près de la terrasse. Un peu partout. Pour essayer de comprendre de quoi il s'agissait, je me suis accoudé au muret (la terrasse était plutôt, en fait, un grand balcon, notre appartement se trouvant au rez-de-chaussée de la petite maison du côté de la porte d'entrée, mais au premier étage de l'autre – Nido Verde était construit à flanc de colline : en haut, à cinq ou six cents mètres, passait la route qui menait à Peschici, celle qu'on empruntait aussi pour longer la côte jusqu'à Vieste ; une plus petite descendait jusqu'ici en serpentant dans la forêt et continuait jusqu'au camping des Allemands, où elle s'arrêtait en bord de mer (nous ne la prenions pas pour descendre à la plage, nous empruntions à pied un chemin au milieu des arbres)), et j'ai vu passer Maria juste en dessous de moi, la sœur de Michele, qui travaillait ici (c'est à elle que l'on devait les pizzas à tomber de sa chaise, le front endolori). Elle m'a fait un signe de la main et un grand sourire. Nous ne pouvions pas discuter ensemble (elle ne parlait pas un mot de français ni d'anglais, et je maîtrisais l'italien comme une vache le saut en hauteur), mais je l'aimais beaucoup, Oum aussi, elle était l'Italie. Elle s'est éloignée vers le restaurant d'un pas souple et vif malgré la chaleur écrabouillante, extraterrestre délicat, je me suis rassis et j'ai allumé une autre cigarette pour boire mon café, sans plus penser aux petits claquements mystérieux, tête de linotte.

Par la baie vitrée, je regardais l'intérieur de l'appartement endormi (un appartement est endormi quand ceux qui se trouvent à l'intérieur dorment, il fait corps de pierre avec eux) : Oum dans notre chambre, immergée dans le sommeil, plus loin de toute vie humaine qu'un coquillage bizarre dans les abysses ; Géo dans la sienne, tordu sur son lit ; la lampe de poche sur la petite commode près de l'entrée, dans le coin gauche, l'un des grands côtés parallèle au mur ; le chargeur de l'appareil photo sous la prise qui se trouvait près de la baie vitrée, orienté par terre de telle sorte qu'il suffirait de le prendre et de l'avancer de quelques centimètres pour le brancher, sans avoir à tourner la main (perte de temps inutile).

L'habitude, quand même, a aussi du bon, je me disais. Ça souligne les souvenirs. J'aime les souvenirs, c'est à peu près tout ce qu'on a de sûr, d'intime et dense, une collection précieuse, inaccessible, dedans : ils se polissent d'eux-mêmes sans qu'on y pense, et prennent, les bons comme les mauvais, une charge de douceur rassurante, lointaine, une enveloppe aimable. Ils restent là, on peut en profiter quand on veut. J'aime me revoir dans le passé, me rappeler ce que j'étais, ce que j'ai fait à tel endroit où je me trouve maintenant, plus vieux, je m'émeus tout seul, nouille. J'aime penser à Géo franchissant cette même baie vitrée deux ans plus tôt, quand il mesurait quinze centimètres de moins et ne savait ni lire ni écrire. Quand il était petit. J'aime me dire que mes pieds, ceux que je vois au bout de mes jambes à présent (et qui n'ont pas beaucoup changé), ont foulé les dalles de cette terrasse il y a deux ans. Il me semble en percevoir encore la trace invisible, là, juste devant moi. Je venais alors de commencer un roman, à Paris, j'étais persuadé que j'allais plonger pendant plusieurs mois, dès notre retour, dans un tourbillon de travail exalté, frénétique, pour aboutir épuisé à un vrai bon roman, riche et fort, extrait de moi – je l'ai abandonné l'hiver suivant après deux cents pages péniblement rédigées, c'était nul.

J'ai tourné la tête vers le vieux balai posé contre le mur dans un coin de la terrasse, j'ai pensé que je l'avais tenu dans les mains à une autre époque de ma vie – j'avais, je sais que ça fait un peu simplet, homme limité, le plus grand mal à y croire. Ce balai, moi, avant. C'était le dernier jour de nos vacances ici. Oum, qui pouvait passer plus d'une demi-heure l'aspirateur dans notre petite salle de bains à Paris, se métamorphosant en souillon détachée quand elle quittait un lieu qu'elle ne reverrait pas, c'était moi qui avais dû me taper la corvée de balayage avant de rendre les clés. Et pendant que, pour achever ma noble et ingrate mission, j'entreprenais vaillamment la terrasse, elle était partie jouer dehors avec Géo. Mais en me souhaitant bon courage, elle avait refermé la baie vitrée derrière elle, afin que la tornade de poussière, d'aiguilles de pin et de cendres de cigarette dont je n'allais pas manquer de m'envelopper en tournoyant sur moi-même ne puisse pas atteindre les pièces déjà conquises par ma campagne de propreté (une baie vitrée qui, c'est assez normal, ne pouvait s'ouvrir que de l'intérieur). Je m'en suis rendu compte après dix minutes de coups de balai à la fois efficaces et gracieux, dans mon style inimitable, quand j'ai voulu quitter la place nette, avec la satisfaction du travail vite fait, un beau sourire éclairant mon visage moite. Elle n'a pas pensé que je ne pourrais pas sortir, elle n'en rate pas une. Ses automatismes la perdront. Amusé, je me suis dit que c'était l'occasion de profiter une dernière fois de la vue sur l'Adriatique, en fumant une de ces cigarettes qu'on dit bien méritées, mais Oum les avait rangées sur la commode près de la porte d'entrée, mes cigarettes, le paquet bien parallèle à la lampe de poche, elle-même parallèle au mur, et le briquet posé dessus, exactement au centre. Je me suis dit que c'était l'occasion de profiter une dernière fois de la vue sur l'Adriatique, quand même. Mais au bout d'un quart d'heure, après avoir bien profité, je me suis dit autre chose : qu'il serait temps qu'elle revienne parce que l'Adriatique, je commençais à en avoir ras la casquette – que je n'avais pas, de surcroît. Ce soleil impitoyable allait finir par avoir raison de mon tendre occiput, on allait me retrouver mort sur la terrasse immaculée (il a fait un sacré boulot, ce diable d'homme), ça donnerait une énigme intéressante pour les fins de repas entre amis – comme le type qu'on a retrouvé mort en tenue d'homme-grenouille en haut d'un arbre. Après quelques minutes encore (comment peut-on passer tant de temps à se renvoyer une balle ? l'être humain ne manque décidément pas de zones d'ombre (contrairement à moi)), j'ai décidé d'appeler. D'abord sans trop élever la voix, puis, m'étant aperçu assez rapidement que c'était ridicule (« Oum ? Oum ? »), plus fort. Mais j'avais le plus grand mal à ne pas me trouver l'air encore plus crétin : debout les bras le long du corps sur un balcon, sans personne à l'horizon, j'hululais « Oum ! OOOUuumm… », en levant haut la tête dans l'espoir que le son passe au-dessus de la maison (ils jouaient probablement de l'autre côté), « OOOUuumm… », comme un grand singe désespéré perdu dans une ville fantôme. C'était vain, ma phénoménale puissance vocale ne servait à rien, tout partait vers l'Adriatique. Dégoulinant de sueur, je tremblais d'envie de fumer une cigarette, au moins, avant de me coucher sur le sol.

Pouvais-je envisager de sauter du premier étage ? Non. Ça ne fait pas très spectaculaire, comme ça, « premier étage », mais quand on y est ça donne à réfléchir, tout est une question de point de vue, et puis c'était un assez haut premier étage, je trouvais, et je n'ai pas l'âme romantique d'un trompe-la-mort (ni même, soyons réaliste et franc, d'un trompe-la-blessure), me casser les deux chevilles pour ne pas attendre cinq minutes qu'Oum revienne me paraissait excessif.

Soudain, deux petits enfants sont apparus sous le balcon. Sauvé ! Mais en les regardant fixement, les yeux ronds et la bouche entrouverte (ils me regardaient aussi, du coup, vaguement sur leurs gardes), je réalisais que je n'étais pas si sauvé que ça. Car je les connaissais, c'étaient le fils et la fille de la famille italienne voisine, or je parle italien, je crois l'avoir déjà dit, comme un cochon d'Inde chante Wagner (pour donner de l'énergie à la vache qui s'élance sur le sautoir). Et dans cette situation de crise, plus un mot ne me revenait à l'esprit (de toute façon, j'y ai repensé plus tard (car non, je ne suis finalement pas mort sur la terrasse), les seules formules de base que j'avais paresseusement apprises durant ces deux semaines de tourisme abruti ne m'auraient pas été d'un grand secours : j'imagine la tête des gamins si je m'étais mis à leur crier « Une bière pression, s'il vous plaît ! » ou « VOUS AVEZ DES SPAGHETTIS AUX MOULES ?! »). Tout ce que j'ai réussi à dire, c'est « Mi moglie », qui signifie « ma femme », « mon épouse ». Mais trouver le ton correct pour leur faire comprendre ce que j'attendais d'eux n'était pas évident. J'ai d'abord essayé d'une voix à peu près neutre, pour ne pas les affoler et risquer de les faire fuir, mais je me mettais à leur place : un homme en sueur sur un balcon qui vous dit calmement « Ma femme » en vous fixant droit dans les yeux, ça doit être plus inquiétant qu'autre chose. J'ai donc composé une expression plus ennuyée, que j'espérais à la frontière entre l'exaspération et la prière (mais Jean Gabin et Gérard Philipe peuvent reposer en paix), et j'ai répété d'une voix plus pressante « Mi moglie, mi moglie ! », en montrant la baie vitrée derrière moi. Les malheureux restaient immobiles et muets, pétrifiés par l'incompréhension la plus totale (et malgré ma consternation, je ne leur en voulais pas). Dans leurs jeunes cerveaux, ils ne pouvaient à mon avis pas envisager autre chose qu'une furie échevelée aux yeux injectés de sang, une hache à la main, qui tentait de briser la vitre pour venir me régler mon compte. « Mi moglie ! »

Ils ont fini par partir, en marchant sur des œufs, m'abandonnant seul face au carnage imminent (salauds de mômes, ils vous laisseraient vous faire hacher sans intervenir – ça promet). Mais comme je l'attendais secrètement, au plus profond de moi, dans ce petit nid de velours rouge où se nichent timidement les espoirs les plus fous, ils sont revenus avec leurs parents. Par manque de chance, ceux-ci n'arboraient pas du tout l'air concerné et bienveillant des braves gens qui sortent de leur train-train pour porter secours à autrui, on a tous au moins une fois dans la vie l'occasion de tendre la main, mais l'air sombre et méfiant des braves gens qui vont dire deux mots à ce pervers. Autrui se sentait abattu, ça n'allait pas être de la tarte.

J'ai recommencé pour le principe à dire « Mi moglie, mi moglie » en montrant la maison, mais je ne me faisais plus aucune illusion. S'ils avaient un bon fond (ce dont, à leurs mines fermées, je doutais), ils penseraient peut-être qu'elle s'était évanouie dans la chambre, ou quelque chose comme ça (chute terrible dans la baignoire ou couteau planté par mégarde dans l'abdomen), et se demanderaient pourquoi je ne sortais pas naturellement par la porte afin de trouver de l'aide, au lieu d'attendre comme un âne sur le balcon que quelqu'un passe. J'ai bravement essayé de grands gestes du bras, censés leur indiquer qu'il fallait faire le tour de la maison pour aller la prévenir, si ça ne les dérangeait pas, j'ai ajouté une petite note interrogative (« Ma femme ? Oui ? Ma femme ? »), mais ça n'a fait qu'ajouter à la confusion, ils me regardaient maintenant comme si je sautais à cloche-pied en demandant « Pomme de terre ? Pomme de terre ? ». Je cherchais fébrilement à retrouver deux ou trois mots italiens qui me permettraient de suggérer « de l'autre côté » ou « appeler », mais cette langue m'était devenue plus étrangère que le wolof, rien ne venait. Je ne savais même pas dire « Au secours » (il faudrait savoir dire au secours dans toutes les langues, rien n'est plus utile), et de toute manière, je crois que ça n'aurait fait que les désarçonner davantage. J'aurais, à la rigueur, pu tenter de m'exclamer « SOS ! », ça passe dans le monde entier, mais au mieux ils seraient partis en secouant la tête, au pire ils m'auraient lancé des cailloux.

Les deux enfants, plantés à côté du couple comme des modèles réduits, semblaient découvrir avec effroi que la vie n'était pas aussi rose et simple qu'ils le croyaient jusqu'alors. Au moment où j'ai admis que tout était perdu, que ces brutes ne seraient jamais capables de deviner que ma femme et mon fils jouaient au ballon devant la maison, j'ai entendu un cliquetis derrière moi, je me suis retourné à la vitesse de l'éclair (dans une grande gerbe de sueur) : Oum arrivait, hilare, navrée de m'avoir oublié là, et étonnée de me trouver décomposé, vermillon et vacillant (je la comprends, le balayage n'a rien de dangereux dans l'inconscient collectif).

Cette même baie vitrée. Un peu de vie a passé depuis, sept cent vingt jours.

En me retournant vers l'Adriatique déformée par le vent violent, en regardant les arbres sous lesquels étaient garées les voitures, à cinq ou six mètres de moi, j'ai compris d'où venaient les petits claquements incessants : c'étaient, probablement, les pommes de pin qui s'ouvraient à cause de la chaleur, qui éclataient écaille par écaille. J'ai appris le lendemain, dans le journal, qu'il avait fait 44° ici, ce jour-là.

Je n'arrivais pas à me sentir bien, ça m'énervait. Nous étions là depuis deux jours et j'étais encore ankylosé, comme attaché à Paris et aux soucis – mais de manière obscure et diffuse (je ne savais même pas de quels soucis il s'agissait, en tout cas rien de précis ni de dramatique), j'étais simplement d'humeur soucieuse, lourd, bourdonnant, engoncé dans une sorte de maussaderie incompréhensible. Le moindre accroc me déséquilibrait et m'obsédait. La veille au soir, en garant la voiture que nous avions louée à Paris, j'avais légèrement heurté un petit muret qui se trouvait devant nous. La carrosserie était un peu enfoncée à l'avant, près de la plaque d'immatriculation. Ça ne se voyait que si l'on regardait, mais ça se voyait. Et quatre jours plus tôt, pendant le trajet, sur l'autoroute après Lyon, j'avais pilé pour ne pas percuter un abruti qui avait freiné sans raison sur la file de gauche, et appuyé si fort sur le bouton des warnings que je l'avais enfoncé – impossible de le récupérer, et donc d'utiliser les warnings. Maintenant je suis en vacances, au soleil dans une région magnifique, avec rien d'autre à faire dans la journée que manger des pâtes, boire du vin, lire, parler avec ma femme et nager avec mon fils, et toute la place disponible dans mon esprit est occupée par un bouton triangulaire, un petit coup dans la tôle et les quelques euros qu'Hertz me réclamera sans doute. Je suis un âne sur un balcon. Cela dit, objectivement, ce serait quand même mieux si je n'avais pas enfoncé la carrosserie et le bouton des warnings.

Géo s'est réveillé, puis Oum en m'entendant discuter avec lui dans sa chambre, et le temps qu'ils se détachent de leurs lits respectifs, léthargiques, nous étions tous les trois sur la terrasse à prendre le petit déjeuner. Géo parlait autant que d'habitude (on a toujours l'impression qu'ils sont cinq à l'intérieur de sa bouche) ; Oum et moi, moins. Sans doute à cause de l'air qui manquait. Et puis le salami, le gorgonzola et le pâté de thon en tube, par 44° à l'ombre, c'est pas de la compote pour gamine. Il faut rester bien concentré.

Je ne sais plus qui a repéré l'odeur en premier. Oum, probablement (elle remarquerait un parfum de violette dans les cheveux de la passagère du fond d'un bus qui passe) :

– Ils font un barbecue à cette heure-là ?

– Hon hon.

– Remarque, une ou deux merguez, je dirais pas non.

– Hon.

Ça sentait les herbes grillées.

Je regardais Oum, longiligne et légère, tremper dans son café une grosse tranche de pain couverte de salami et de gorgonzola en rêvant à deux merguez, et je me disais que je l'aimais – malgré tous ses défauts, comme on ne manquerait pas de le souligner chez Delarue. Ce n'était plus la même exaltation apparente que neuf ans auparavant (« Dites-nous ce que vous entendez exactement par là, Voltaire ? » (je m'appelle Voltaire, mieux vaut ne pas s'étendre sur le sujet), « Oh, vous savez bien, on s'embrasse moins, on se touche moins souvent les mains, on ne s'envoie quasiment plus de torgnoles et on baise les jours de nos anniversaires – à Noël, on est en famille »), mais j'aurais préféré qu'on me coupât les deux bras et qu'on les donnât en pâture à des rats malades plutôt qu'elle ne me quittât. Et qu'on me balançât dans la chaux vive (en costume du XIXe siècle) plutôt qu'on ne lui coupât deux des membres. (Pour être honnête, je ne prenais pas trop de risques : tout le monde l'aimait, je ne voyais pas qui aurait soudain voulu lui enlever les bras.) Sa mère, une hippy écervelée qui vivait dans les coussins, l'avait prénommée Oum en hommage à Oum Kalsoum, qu'elle vénérait (malheureusement, les hippies n'aimant pas la télé, elle ne savait pas qu'un gentil dauphin blanc, ami des enfants et du chocolat, s'appelait comme son idole, pas de bol). Du point de vue phonétique, ça ne convenait que moyennement (ça faisait un peu loukoum, boum, petite chose ronde et moelleuse – elle était pile le contraire), de l'autre, poétique, parfaitement : elle était un chant égyptien qui passe dans la vie – avec quelques éclats de voix et notes déconcertantes, de temps en temps.

Pendant qu'elle empilait la vaisselle du petit déjeuner dans l'évier, et que Géo, sur un lit, près de l'entrée, que nous n'utilisions pas, secouait avec ardeur un monstre Bionicle rouge en psalmodiant étrangement « Je suis le pape qui danse ! Je suis le pape qui danse ! », j'essayais de ne penser qu'à des choses agréables et volatiles, accoudé vers la mer, une cigarette à la main, et remarquais de la fumée qui traversait le ciel bleu au-dessus de la maison, venant de derrière, c'est-à-dire de la colline, poussée par le vent puissant qui soufflait de la terre. Peut-être un nuage. Je me suis penché au balcon en me tordant le cou pour mieux voir. Un gros nuage. Pas un petit barbecue, en tout cas (ou alors le type avait eu l'idée louche de l'installer sur notre toit). Quelqu'un qui faisait brûler des branchages à une cinquantaine de mètres d'ici ? Ce serait une drôle d'occupation par une chaleur pareille, et avec ce vent, mais la planète est parsemée de timbrés. Je voulais que ce soit ça, en tout cas. Pas un gros nuage. J'avais envie d'une belle journée, de lire sur la plage et de me baigner.

Comme tous les jours depuis notre arrivée, et comme tous les jours des vacances précédentes ici, nous n'irions pas directement « à la mer » (j'avais, sans me l'expliquer vraiment (il ne fallait pas que je cherche trop, nous n'avions pas non plus une vie à proprement parler rocambolesque), un peu pitié de ces familles qui enfilaient leurs maillots dès le saut du lit et fonçaient vers le sable – une journée est bien assez longue pour qu'on soit sûr, sans se dépêcher, de trouver le temps de s'ennuyer juste ce qu'il faut au bord de l'eau) : nous prendrions la voiture (cabossée) pour aller à Peschici, boire un verre ou deux sous les parasols, traîner dans les rues décolorées, manger des spaghettis aglio e ollio sous les arbres du jardin de chez Peppino, traîner encore une demi-heure, en se laissant avec plaisir amollir par le soleil, puis nous reviendrions à l'appartement, nous enfilerions nos maillots comme tout le monde quatre heures plus tôt, nous nous enduirions mutuellement de crème solaire et descendrions indolemment vers la plage par le petit chemin de terre dans la forêt, de l'eau, des clopes, des livres et des masques dans nos sacs. Très bon programme.

Ce très bon programme ne plaisait qu'à moitié à Géo, qui aurait préféré foncer vers le sable dès le dernier corn-flake englouti (les humains naissent moutons, et jusqu'à sept ou huit ans, les enfants n'ont qu'une envie : faire comme tout le monde (certains d'ailleurs continuent placidement sur leur lancée)), mais les petits n'étant pas les rois du monde, il n'avait pas à moufter, il venait avec nous au village. (Les adultes sont les rois du monde, donc – à retenir.) Il ferait ensuite pendant cinq heures tout ce qu'il voudrait, il aurait le sable, la mer, le ciel, sa mère et son père à sa disposition. Tout, quoi.

Nous nous demandions parfois, Oum et moi, si c'était une bonne idée de l'avoir appelé Géo (cela nous valait pas mal de questions). Quand Oum était enceinte, comme tous les parents qui découvrent ce phénomène de sorcellerie, nous avions, pour nous rassurer je pense, donné un surnom à ce petit monstre gluant qui se développait en elle. Il bougeait tout le temps dans son ventre, comme si sans arrêt il bricolait des trucs, nous l'appelions donc Géo, comme Trouvetou. Mais quelques jours avant l'accouchement, quand il s'est agi de lui choisir un vrai prénom, il était trop tard. Géo ne pouvait pas devenir du jour au lendemain Antoine ou Oscar, pas plus que mon grand-père ne pourrait soudain devenir Bruce ou Flash. Et finalement, en le tenant dans nos bras, et les années passant, nous nous étions rendu compte que ça lui allait plutôt bien, Géo. Il était, pour nous, la terre, le monde.

Et puis quand même, Oum, Voltaire et Géo, ça vous pose une famille.

Juste avant de partir, j'ai demandé à Oum de venir jeter un coup d'œil sur le balcon : le nuage prenait des allures spectaculaires. D'abord blanc, il était gris maintenant et occupait un bon quart du ciel visible au-dessus de nos têtes. Géo, qui avait suivi sa mère, fronçait les sourcils :

– On va pouvoir se baigner ?

– Mais oui, t'inquiète pas, j'ai dit.

Ce n'était pas un nuage, ça ne faisait plus l'ombre d'un doute (ça faisait bien une ombre, sur le sol et en nous, mais pas d'un doute). De petites cendres blanches commençaient à voler partout, portées par le vent comme des pétales de fleurs de cerisier dans une bourrasque de printemps. L'air devenait moins clair. Ça sentait vraiment le feu de bois. Les pommes de pin claquaient comme des dingues.

C'était un timbré qui faisait brûler des branchages, beaucoup de branchages.

Ana Upla est passée l'air étonné sous le balcon, avec les chaussures rouges qu'elle portait toujours (elle en avait sept paires). Ana Upla était une femme extraordinaire que nous avions rencontrée ici deux ans plus tôt (elle venait tous les étés depuis qu'elle avait cessé de parcourir le monde, six ou sept ans auparavant, trop fatiguée pour continuer à sauter d'aéroports en hôtels et d'hôtels en chemins de montagne), une Italienne qui parlait couramment six langues, une princesse sans titre qui avait vécu à New York, à Paris, à Dakar et à Tokyo, qui avait été mariée dix ans, jeune, à un peintre russe exilé (un génie, disait-elle, qui resterait à jamais maudit : lorsqu'ils habitaient à New York, une exposition consacrée à son œuvre (il n'avait que 55 ans mais peignait comme un possédé depuis l'âge de 16 ans et arrivait, de son propre et humble aveu, au bout de son rouleau) devant être organisée dans une galerie de la ville, il avait réussi à convaincre tous les collectionneurs qui, à travers le monde, possédaient une ou plusieurs de ses toiles (elles ne valaient financièrement pas grand-chose, le « marché de l'art » n'ayant pas encore perdu la tête à l'époque, mais l'estime que leur portaient certains yeux éclairés laissait supposer qu'elles n'en resteraient pas là) de les lui prêter pour l'occasion, et deux semaines avant le vernissage, alors qu'elles étaient toutes entreposées dans le grand appartement de la 8e Avenue que les parents industriels d'Ana avaient offert à leur fille pour son mariage, un incendie avait détruit entièrement l'immeuble et carbonisé jusqu'au plus petit tableau – deux jours plus tard, ayant réalisé, après quarante heures de catalepsie, que quarante ans de travail acharné venaient d'être effacés d'un coup, que toute sa vie avait disparu, le peintre sans œuvre s'était jeté ivre mort dans l'Hudson, noyé, mort), une succube désespérée qui avait hanté fugitivement le lit d'une ribambelle de stars plus ou moins reluisantes, la plupart dans le milieu du cinéma, et les avait entraînées dans sa chute entre les draps, une promeneuse solitaire qui avait passé dix-huit mois dans l'Himalaya, traversé deux fois le Sahara et bu l'eau du Nil sans être malade. À soixante ans, épuisée et satisfaite, après avoir flotté dans toutes les drogues, tous les climats, toutes les peurs et toutes les ivresses, elle avait décidé de se calmer et de retourner à Rome, où elle avait passé les sept premières années de sa vie. Elle s'occupait là-bas de donner des cours de rattrapage à des enfants dépassés. Elle ne quittait plus désormais son petit appartement que pour venir respirer deux mois tous les ans à San Nicola, à lire des classiques devant la mer, et de temps en temps, à discuter avec des vacanciers comme nous. Elle était belle et nous faisait rire.

En levant les yeux vers nous, avec un signe de tête en direction du ciel, Ana Upla a haussé les épaules et les sourcils, la mine comique d'une gamine interloquée et pas rassurée :

– Il y a un énervé qui détruit son jardin ?

– Ça doit être ça, espérons.

Après une petite grimace clownesque, les mains agitées en l'air comme pour chasser les cendres qui volaient (je me disais : cette femme a couché avec Warren Beatty et mangé des sauterelles), elle s'est éloignée d'une démarche faussement abattue, en écartant les bras, fataliste.

Quand nous sommes sortis, nous avons découvert que la fumée ne venait pas de tout près, comme nous le pensions. Et que par conséquent, ce n'était pas un simple feu de broussailles. De grosses volutes gris sombre s'élevaient du haut de la colline dans le ciel, poussées rapidement vers nous par le vent. Peut-être un immeuble qui brûlait à Peschici, ou un entrepôt.

Au moment où nous allions monter dans la voiture, un couple dont la femme rousse tenait un bébé dans les bras s'est approché de nous, visiblement plus que perplexe, en déséquilibre au bord de l'affolement. Dans un anglais approximatif (qui était à l'anglais ce que le pâté de poule est au foie gras), l'homme nous a demandé :

– Vous pensez qu'on peut rejoindre la route là-haut ?

Certaines personnes sont vraiment peu solides. Ces deux-là avaient peu confiance en eux et en ce monde hostile qui les entourait, saturé de vibrations menaçantes. J'ai répondu, moi aussi en pâté de poule :

– Ah oui, je pense, quand même !

(Je ne sais pas dire « quand même » en anglais, je m'en rends compte, donc ici je remodèle un peu la réalité historique, mais ça correspond dans l'intention, c'est-à-dire : « Il ne manquerait plus que ça » – et de toute façon, si on ne peut plus remodeler un peu la réalité historique, autant aller se coucher et attendre que ça passe.)

Ils ont mollement hoché la tête, avec un bel ensemble craintif, et sont repartis vers leur voiture, à petits pas incertains, très superficiellement tran-quillisés (« Il veut nous faire prendre des éclairs pour des étoiles filantes, mais ne le contredisons pas, c'est un de ces inconscients qui sont capables de n'importe quoi. ») En démarrant, j'ai fait remar-quer à Oum (qui était assise derrière, à côté de Géo sur son rehausseur – elle aurait pu le laisser seul sur la banquette arrière depuis des lustres et leurs ampoules, nous étions l'unique couple au monde à rouler comme ça avec un enfant de sept ans, mais nous n'avions jamais réussi à déformer le pli pris la première année, à faire bondir Oum par-dessus le dossier du siège passager (les habitudes sont coriaces, dans la famille) – je nous imaginais dix ans plus tard, un colosse de deux mètres assis à l'arrière avec sa mère, la nuque cassée sous le plafond à cause du rehausseur), je l'ai regardée dans le rétro et je lui ai fait remarquer que beaucoup de gens n'étaient pas robustes, mentalement. J'ai mis la climatisation à fond, poussé dans le lecteur le CD d'Eminem que Géo réclamait toujours (c'était une joie de l'entendre chanter à tue-tête, évidemment sans savoir ce que cela voulait dire, « Shake that ass for me ! Shake that ass for me ! ») – il ne nous demandait plus depuis quelques jours ni Mika ni Kamini – et nous sommes sortis de Nido Verde pour nous engager sur la petite route qui grimpait la colline. Sur le tableau de bord, l'horloge affichait 10 h 55. L'air était trouble, gris orangé, nous ne parlions pas. Après deux ou trois cents mètres, nous avons aperçu, sur notre droite dans la forêt, un arbre qui brûlait seul au milieu des autres. C'était une vision déconcertante, comme un homme qui hurle et se tord de douleur dans une foule calme et indifférente. J'ai ralenti pour regarder, l'atmosphère dans la voiture était soudain devenue trouble, saisissante, quelqu'un (Oum ou moi, je ne sais plus, je ne me souviens que de l'image de cette torche géante dans le décor vert) a prononcé une phrase idiote :

– C'est marrant, ça.

Nous avons bien vu que les arbres voisins, sous le vent, étaient en train de prendre feu aussi, mais personne n'a rien dit. La fumée qui s'élevait dans le ciel ne venant pas de là, ce qui aurait dû nous inquiéter nous a rassurés : l'esprit électrique, nous avons presque réussi à nous persuader (il est parfois salutaire pour le moral de mettre la logique de côté) que cet arbre s'était enflammé par hasard, la nature et ses mystères, que cela n'avait rien à voir avec l'autre danger, le vrai. J'ai continué au ralenti (mon pied appuyait par réflexe sur l'accélérateur, faiblement, je pensais à autre chose), nous avons croisé une voiture qui descendait en marche arrière, je l'ai à peine remarquée, préoccupé, et cent mètres plus loin, postés devant la leur arrêtée sur le bord de la route, avant un virage à gauche, un couple de Français (ça ne court pas les bois dans la région), avec lequel nous avions échangé quelques mots polis la veille, nous faisait de grands signes pour nous dire de rebrousser chemin. Je me suis avancé à leur hauteur avec l'intention d'ouvrir la vitre pour me renseigner, mais comme ils remontaient déjà dans leur Peugeot, qu'une certaine impression d'urgence émanait de leurs visages terrifiés et qu'il me paraissait de toute façon clair qu'ils ne nous arrêtaient pas en agitant les bras pour nous demander l'heure, je n'ai pas pris cette peine et les ai dépassés dans le but de faire demi-tour après le virage, docile. Mais plusieurs choses se sont alors produites en chapelet : j'ai jeté un coup d'œil vers eux au passage pour voir s'ils voulaient nous parler, non, j'ai amorcé le virage à gauche, une voiture nous a foncé dessus en marche arrière, je l'ai évitée de quelques millimètres grâce à un violent coup de volant, j'ai roulé sur la terre, un arbre en face, j'ai redressé de justesse, la femme dans la voiture qui reculait hurlait, la bouche grande ouverte et les yeux exorbités derrière la vitre, en silence (chez nous, Eminem chantait « So everybody, just follow me, cuz we need a little controversy »), j'ai regardé devant moi et écrasé le frein, un arbre en feu barrait la route, tombé, infernal.

– Recule ! a crié Oum.

Je ne comptais pas essayer de faire bondir la voiture au-dessus des flammes, je sais ce dont les automobiles sont capables. Plutôt que de me lancer dans une trop périlleuse descente à l'envers comme les autres fous (ils vont se tuer), j'ai braqué en enclenchant la marche arrière et réussi à faire demi-tour en éraflant à peine l'aile contre une grosse pierre (ça ne va pas arranger mes affaires chez Hertz, je suis décidément maudit). Mon cœur bondissait, mon corps pesait cent grammes, mais curieusement, il me semblait que je conservais une certaine sérénité. En redescendant vers la résidence derrière la Peugeot des Français sémaphores, malgré la quasi-certitude que nous étions désormais dans une impasse (et l'évidence que personne, même le bonze plus optimiste, ne pouvait plus nier : il y a le feu à la forêt), la tension a vite baissé dans la voiture. Nous nous éloignions du problème, c'était le principal. Seul Géo paraissait très inquiet – du moins attendait-il que nous lui disions clairement si c'était grave ou pas. Non, ça va aller. Ce n'est qu'un feu, il y en a partout et sans arrêt, des feux. Les pompiers sont là pour les éteindre. Les pompiers attendent le feu, il est leur raison d'être. Si les pompiers ne servaient à rien, ils n'existeraient pas.

L'expérience et un minimum de réflexion nous apprennent que nous ne risquons rien. Ce n'est qu'un feu. Nous allons descendre sans paniquer jusqu'au camping, nous n'y sommes jamais allés, il y a peut-être une autre route qui remonte, par là-bas, dans la direction opposée, loin du feu. Vers les hauteurs protégées, le bitume de la nationale, la civilisation.

En entrant au ralenti dans le camping, nous ne parlions presque plus. Nous étions fébriles, mais juste intérieurement (je sentais, même sans la voir, quelque chose vibrer en Oum – en moi aussi) : nous nous efforcions tous les deux, chacun pour soi, petit travail interne, de nous persuader que ce n'était pas grave, ça va aller. Dans une minute, si le camping n'était pas un cul-de-sac, nous serions sauvés.

Malheureusement, poisse, le camping était un cul-de-sac. La route donnait directement sur le grand portail d'entrée, se poursuivait entre les cara-vanes sur deux ou trois cents mètres puis, après un large demi-tour, revenait vers l'entrée, qui devenait la sortie. Le camping était la fin du monde. L'atmosphère ici restait assez calme. Certains Alle-mands, debout par petits groupes le long de la route, levaient les yeux vers la colline (d'en bas, on ne voyait pas les flammes, dissimulées par une pre-mière bosse surchargée de grands pins, seulement l'épaisse fumée presque noire qui montait dans le ciel, de plus en plus dense), mais d'autres prenaient l'apéro sur des tables en formica, jouaient aux cartes ou nettoyaient leur caravane. Ça me plaisait, c'était rassurant. Dans le ton de la voix d'Oum, quand elle m'a fait remarquer qu'ils n'avaient l'air de se rendre compte de rien, j'ai senti qu'elle aussi trouvait dans ce paisible spectacle de détente germanique de quoi atténuer un peu son anxiété. Sur la plage, parallèle à la route du camping, à une cinquantaine de mètres de là, c'était pareil : certains vacanciers en maillot regardaient vers les hauteurs, une main en visière sur le front, d'autres restaient plongés dans leur livre (sans doute *Fièvre meurtrière à Ibiza* ou *Le Miroir des femmes de l'aube*) ou pataugeaient dans l'eau comme des épagneuls euphoriques. Cette faculté qu'ont certaines personnes de s'aveugler m'épate et me déroute. Ce sont sûrement les mêmes que ceux qui ne se posent jamais trop de questions, ceux qui mènent une existence morne, ennuyeuse et misérable, mais semblent satisfaits de leur sort parce qu'ils ne réfléchissent pas, ne regardent ni devant, ni derrière, ni sur les côtés, ceux dont on se dit, tout en les plaignant, que finalement, ils ont de la chance. Même à quelques centaines de mètres d'un grand incendie que le vent pousse vers eux, ils n'y pensent pas.

Nous roulions doucement dans le camping, pour observer tous les visages et mesurer le degré d'inquiétude, pour voir si quelqu'un ne courait pas avertir tout le monde, porteur d'informations précises. Mais non, personne ne semblait en savoir plus que nous. Près de la sortie, une femme rangeait et fermait précipitamment sa caravane, pendant que son mari l'accrochait à leur voiture. J'ai hésité à m'arrêter pour leur dire, dans mon anglais charcutier, que ça ne servait à rien, que la route était bloquée plus haut, mais dans de telles circonstances, chacun fait ce qu'il veut. Je ne m'imaginais pas lui conseiller, prince de la nature et du destin : « Reste là, frère, et tant pis si ça brûle. » De toute façon, je ne voulais pas m'attarder près de lui, je préférais m'éloigner de ce catastrophiste, à l'épagneule.

Ce petit tour dans le camping calme à peu agité nous avait stabilisé l'esprit. En remontant, nous considérions la situation plus posément, avec intelligence. Un feu s'était déclaré dans la forêt à quatre cents mètres de la mer, le monde n'allait pas exploser, il suffisait d'aller se renseigner et d'étudier les évolutions et solutions possibles. J'ai proposé à Oum de retourner à Nido Verde (ça ne relevait pas, cela dit, du trait de génie stratégique : c'était ça ou aller taper le carton avec des Bavarois) et de nous en remettre à la sagesse locale et burinée de Tanja et Michele. Elle était d'accord. Parfait, nous avions un plan. Dans la voiture, Eminem s'énervait : « I need a cigarette now ! » Géo ne disait rien.

Quarante secondes plus tard, je me garais devant la terrasse du restaurant, sur laquelle s'était retrouvée la dizaine de locataires encore ici, ceux qui n'étaient pas descendus de bon matin à la plage et n'avaient pas eu le temps de rejoindre Peschici avant que les flammes n'attaquent la route. Ils se regroupaient près de Tanja – seule, sans Michele –, qui fixait l'endroit d'où venait la fumée (d'ici non plus, on ne voyait pas les flammes, qu'une deuxième grosse butte de la colline masquait encore), d'un air soucieux mais sans se départir du léger sourire qu'elle arborait en permanence – du moins pendant la haute saison. Tanja était une Allemande blonde d'une quarantaine d'années, qui était venue en vacances à Peschici à vingt ans, avec ses parents, avait rencontré le robuste et beau Michele, le ténébreux Michele travailleur et charmeur, et n'était jamais repartie vers sa terre natale, ses amis, sa famille. Ils s'étaient mariés, ils avaient donné naissance à une fille qui allait aujourd'hui sur ses quinze étés, puis à un garçon quatre ans plus tard, et avaient fait construire, grâce à de lourds emprunts, cette résidence dont ils s'occupaient depuis sans repos, six mois gris de travaux, de calculs, de réparations et de nettoyage, six mois jaunes d'activité intense et de présence aimable. Sa vie devait être parfois remuante et gaie, parfois sombre.

J'ai fermé la voiture (elle a clignoté orange comme pour me dire : « Ne me laisse pas là, patate ») et nous avons rejoint le groupe sur la terrasse. Nous étions, comme eux, exactement entre l'angoisse et la confiance, position délicate et improbable mais empreinte d'une certaine grâce vaporeuse – Géo, qui ne disait toujours rien, était devenu presque immatériel à mes côtés, en bas, impalpable en équilibre sur un fil invisible.

La lumière baissait rapidement, s'orangeait, la moitié du ciel au-dessus de nous était noire, l'air de plus en plus chaud nous enveloppait comme lorsqu'on ouvre un four, des cendres volaient, quelques flammèches aussi, plus haut. Le sourire de Tanja s'estompait. C'était compréhensible. Pas un hélicoptère ni un canadair ne volait, pas une sirène de pompiers ne se faisait entendre, le feu, on le sentait, on le ressentait, prenait de l'ampleur derrière la butte, et le vent soufflait en rafales vers nous, vers ces petites maisons blanches qui étaient devenues, depuis vingt ans, sa vie.

Je lui ai demandé si ce genre de problème arrivait souvent (tout en me demandant à moi-même (en acrobate de la question réversible, interne/externe, Julien Lepers double face) comment, deux ans plus tôt, immergés quinze jours dans cette végétation abondante et sèche sous des températures sahariennes, nous avions pu oublier de craindre un incendie). Semblant penser à autre chose, elle m'a répondu que ce n'était pas vraiment rare, qu'en général les pompiers maîtrisaient le feu assez rapidement, mais, après un moment de silence, les yeux plissés (pas seulement à cause de l'âcreté de l'air, sensible maintenant), elle a ajouté que le vent n'était d'habitude pas si violent, ni tournant, imprévisible. Quant aux pompiers, sauveurs de service, il n'y en avait toujours pas plus à l'horizon que de beurre en broche. (J'ai appris le lendemain que de très nombreux incendies s'étaient déclarés dans tout le sud de l'Italie ce matin-là. La plupart dans des régions plus habitées et moins pauvres, que les secours avaient privilégiées.)

Le couple pâté de poule et leur bébé n'étaient pas là. Ils n'avaient pourtant pas pu remonter et s'échapper, puisque nous étions partis avant eux. Les Français qui nous avaient fait des signes au bord de la route, eux, se tenaient dans un coin de la terrasse, à l'écart (ils étaient probablement pétrifiés par la peur mais cette distance donnait l'impression quasi cocasse (quasi, car le rire n'est pas toujours au rendez-vous) qu'ils complotaient – « Tout marche comme sur des roulettes, ils vont tous griller comme des saucisses ! »). Ana Upla, qui tenait Tanja par le coude comme on supporte la veuve face à la tombe, n'en menait pas large mais paraissait pourtant excitée comme une loupiote, secrètement (on devinait à ses yeux que ça scintillait à l'intérieur – enfin un peu d'action). Seule assise, sur une chaise en plastique, une vieille femme en noir, voûtée, que je n'avais jamais vue par ici, regardait ses genoux. Elle se réfugiait quelque part dans le passé lointain. Oum, debout près de moi, ne bougeait pas, ne parlait pas. Géo ne me lâchait pas la main.

Quand nous avons vu la pointe des flammes apparaître derrière les arbres du haut de la butte, l'ambiance a changé brusquement, tous les cœurs se sont mis ensemble à battre plus vite. Plus personne, j'imagine, n'arrivait à réfléchir. Il aurait fallu mettre sur pause. Prendre un peu de temps. Pas tout de suite, les flammes. Le visage de Tanja, vers qui nous nous sommes tous bêtement tournés, se décomposait. Elle était, jusqu'à présent, notre balise. Et notre pare-feu.

– Tu crois que ça va aller ?

J'ai posé des questions idiotes dans ma vie, peut-être plus souvent qu'à mon tour, mais là, j'atteignais un pic. J'y plante à présent, avec la lucidité du recul, un drapeau. « Voltaire ».

– Je ne sais pas. Michele et les enfants sont là-bas.

– Quoi ? Où ?

– Dans notre maison, là-bas.

D'un doigt faible, elle m'a désigné l'endroit où tout brûlait. Je me souvenais avoir vu quelques maisons entre les arbres, le long de la petite route qui montait. Je ne savais pas que l'une d'elles était la leur.

– J'ai essayé de téléphoner, ça ne marche pas.

Les flammes, à cent cinquante ou deux cents mètres de nous, s'en prenaient maintenant aux premiers pins de la butte – qui ne pouvaient rien faire, les malheureux, qui ne pouvaient pas bouger. Nous étions avantagés, tout de même. Mais il fallait penser, il fallait réagir vite, c'est ça qui est difficile – l'urgence ligote. Nous pourrions peut-être nous abriter à l'intérieur du restaurant, aucun arbre ne se trouvant dans un périmètre proche à cause de la route qui passait devant et du petit parking. Et au pire, nous pourrions fuir à pied vers la plage, la mer. Pas de raison de s'affoler. L'eau est l'ennemie mortelle du feu. Le feu est un clown impuissant, à côté de l'eau. Un vampire enragé face à un champ d'ail. L'eau est avec nous, et nous attend là-bas, tranquille et sûre.

– Papa ? Maman ! Qu'est-ce qui va se passer ?

Oum a été la première à bouger (comme toujours). Elle m'a dit qu'elle descendait en vitesse à l'appartement, pour y récupérer quelques affaires (quand nous partions en voyage, elle emportait dans de grosses valises à peu près tout ce que contenait notre quatre pièces à Paris, pour être certaine ou presque de ne pas être prise au dépourvu

40

– il y avait donc ici pas mal de choses précieuses, quel que soit le sens qu'on donne à ce mot (nous n'avions pris, pour aller boire un verre à Peschici, que nos deux sacs, le sien rempli de vieux papiers inutiles (cartes de boutiques ou de restaurants, numéros de téléphone de passants morts depuis longtemps (pour elle, du moins), factures d'hôtels à Venise ou à Séville, ticket de basket du Madison Square Garden), le mien, matelot, ne renfermant rien de plus important que quelques photos de Veules-les-Roses, mes cartes d'identité et de crédit, et les deux livres que nous lisions à ce moment-là)). En la voyant s'éloigner, Géo a voulu partir avec elle, par réflexe, sans me lâcher la main. Il l'a regardée descendre, elle marchait trop vite pour qu'il puisse envisager de la suivre, de courir derrière elle au risque de ne jamais la rattraper (Oum m'avait dit un jour, peu de temps après notre rencontre, alors que je peinais pour ne pas la perdre de vue sur un trottoir de Manhattan (les mâchoires serrées, les joues rouges et les yeux exorbités d'amour) : « Je marche vite car si je marche lentement, je perds l'équilibre » – c'était son allure de croisière, en équilibre, mais quand elle décidait d'accélérer vraiment le pas, pour attraper un train ou foncer récupérer quelques affaires précieuses avant que le feu ne les détruise, elle avançait plus vite qu'un cheval au galop). Géo l'a vue disparaître derrière une maison et a levé vers moi des yeux perdus.

– Où elle va ?

– Elle va cherch…

Elle n'était pas partie depuis vingt secondes qu'une forte détonation a retenti quelque part dans la colline, pas très loin de nous. Le temps que le bruit parvienne à mon cerveau et y soit analysé, une deuxième explosion, plus proche, une troisième. Une femme a crié, les deux Français se sont précipités vers le groupe, encore une explosion, une autre.

– C'est les pompiers ? a glapi la Française (qui ne devait pas être très ouverte sur le monde et pensait que les pompiers mataient le feu en tirant dessus à coups de canon).

Tanja s'est tournée vers elle, la tête propulsée par un mécanisme d'espoir, comme si elle voulait y croire – elle a essayé une seconde, et puis non. Elle n'était pas livide, comme dans une scène classique du genre, elle avait la bouche ouverte et le visage couleur sang (moi aussi, peut-être, il faisait une chaleur d'enfer – et décomposé, si ça se trouve).

– Non... a murmuré Tanja.

– Qu'est-ce que c'est, papa ?

Deux autres détonations – BAM ! BAM ! – très rapprochées. Les gens sur la terrasse se mettaient à bouger à droite et à gauche, agités comme des particules prisonnières. D'énormes boules de feu s'enroulaient sur elles-mêmes au-dessus des arbres.

– Papa ?

– C'est le gaz, a dit Ana Upla. Le gaz dans les maisons.

Le feu – BAM ! – a soudain surgi sur la butte en face de nous comme un tigre mou géant qui bondit, des bruits sont sortis de toutes les gorges, un homme – BAM ! – d'une soixantaine d'années en bleu de travail a jailli hors de la forêt avec le regard fou de celui qui brûle (mais il ne brûlait pas), il hurlait :

– Al mare ! Al mare !

– PAPA !

Tout le monde s'est lancé dans la descente, j'ai serré de toutes mes forces la main de Géo et nous nous sommes mis à courir, j'avais l'impression de le faire voler derrière moi mais il ne disait rien, il se concentrait pour faire mouliner ses petites jambes au maximum, soudain adulte – j'étais fier de lui et après vingt mètres je me suis aperçu que j'avais laissé mon sac matelot sur une chaise de la terrasse, avec dedans tout ce qui nous restait, j'ai lâché Géo au milieu de la pente et j'ai fait demi-tour, il a poussé un cri de film d'horreur.

– C'est rien, ne bouge pas ! GÉO ! ATTENDS-MOI LÀ ! NE BOUGE PAS !

Je suis remonté comme Carl Lewis en descente (je n'avais pas couru aussi vite depuis le cent mètres au Bac – j'avais terminé sixième sur huit, cela dit, j'ai toujours été nul en course (mais dans certaines situations, on n'est plus vraiment soi-même, on est celui qui est devant)), un mur de feu se dressait à cent mètres, dans mon dos mon fils pleurait et se déchirait les poumons à m'appeler, seul au monde. J'ai reconnu la voix d'Ana Upla derrière moi : « TANJA ! » – Tanja était restée sur la terrasse, paralysée par l'indécision, si elle descendait avec nous elle fuyait en abandonnant ses enfants et son mari dans le brasier, je l'ai rejointe et j'ai pris mon sac, plus bas Géo criait, submergé par les larmes et la panique, crucifié sur place.

– Tanja, viens, ne reste pas là !

– Descends, j'arrive.

Elle a paru se ressaisir, son regard s'est éclairci, mais au lieu de me suivre, elle est partie en courant vers l'intérieur du restaurant.

– Tanja !

– J'arrive !

Je l'ai vue disparaître derrière la porte vitrée (je ne pouvais pas m'élancer à sa poursuite, la ceinturer et l'emmener sur mes épaules comme un sac, elle est chez elle, elle est adulte, ses enfants et son mari sont peut-être encore près d'ici, quelque part dans le feu – j'aurais dû ?) et je me suis précipité dans la descente vers Géo dévasté qui se désintégrait – heureusement, Ana Upla était restée à ses côtés. Au passage, malgré ma surprenante vitesse de course (qui rendait tout flou), j'ai pu jeter un coup d'œil à la voiture que je laissais derrière nous, avec son petit choc à l'avant et son bouton de warnings enfoncé.

Les monstres couverts de mousse

En passant à une dizaine de mètres de la porte de notre appartement, freinant avec Géo encore hoquetant, imité par Ana Upla, j'ai appelé Oum de toutes mes cordes vocales (plus fort encore qu'un malheureux coincé sur un balcon avec un balai) :

– Oum ! OUM ! (Descends, Ana, ne nous attends pas…) OUM !

Depuis l'intérieur, une voix très naturelle m'a répondu, à peine appuyée, étonnée, celle de quelqu'un qu'on dérange dans un puzzle :

– Quoi ?

Comment ça, quoi ? Rien, je voulais savoir s'il fallait acheter du pain, pour midi.

– Viens ! Vite ! Sors ! SORS !

(Je n'y ai évidemment pas pensé sur le moment, j'avais la tête pleine de feu, de feu furieux qui nous voulait, mais ça faisait assez *Fort Boyard* de l'extrême.)

J'ai répété à Ana Upla de prendre de l'avance, tout le monde était déjà plus bas, on la rattraperait (elle avait peut-être traversé des déserts et escaladé des montagnes quand elle avait le mollet vif et la cuisse souple, mais à son âge, une simple fuite devant l'enfer en marche pouvait s'avérer laborieuse), elle a fini par se laisser convaincre et a poursuivi sa descente vers la mer, de son pas engourdi mais sûr de presque vieille femme qui en a vu d'autres. Un incendie a causé la mort de l'homme qu'elle aimait quarante ans plus tôt, elle ne va pas trembler devant celui-ci.

Oum a quitté l'appartement avec un sac de toile orange et nous a rejoints en courant (je n'y avais pas prêté attention – le feu, le feu furieux qui nous veut – mais quand je suis revenu deux jours plus tard sur ce terrain devenu lunaire, je me suis aperçu en ouvrant la porte brûlée qu'elle l'avait fermée à double tour en sortant ; c'était bien entendu l'une des raisons de mon amour pour elle, ce côté dingue irrécupérable : à quinze secondes d'être ensevelie sous une avalanche, elle relacerait ses chaussures). Elle s'est tournée vers le haut pour constater l'évolution des choses. La fumée rabattue par le vent enveloppait déjà le restaurant, on ne voyait plus à cinquante mètres, les flammes ne devaient pas être loin de la voiture. Elle semblait avoir du mal à y croire.

– Qu'est-ce que c'était, ces explosions ?
– Les bonbonnes de gaz.

Elle m'a dévisagé un instant puis nous nous sommes rués dans la pente, entre les pins. Des lézards affolés par le changement d'atmosphère filaient entre nos jambes. C'était moi qui tenais Géo par la main, car bien que moins souple et aérien qu'Oum, j'étais plus stable (grâce à mon corps massif et mes grands pieds – chacun ses atouts). Nous sentions un souffle chaud sur nos nuques, un grondement sourd s'amplifiait derrière nous.

Nous sommes passés devant une petite maison, la dernière du lotissement, devant laquelle deux gros chiens, un noir et un blanc, tournaient nerveusement en rond. Nous les avions déjà croisés deux ou trois fois dans le coin, derrière leur maître, un Italien revêche à sale tête qui habitait probablement ici à l'année – peut-être un employé de Tanja et Michele, ou un forestier. L'un des deux, le noir, le seul que le type tenait en laisse quand il les promenait, avait les yeux bleu très pâle, recouverts d'une sorte de pellicule d'albumine, il était aveugle. Au moment où nous arrivions près d'eux, ils aboyaient en levant le museau au ciel, apeurés par ce qu'ils sentaient, un peu trop domestiques pour fuir sans hésiter, comme l'auraient fait des antilopes ou même des lapins. La sauvagerie perdue les condamnait à mort. Mais tout de même, en nous voyant passer, le blanc a retrouvé quelque part en lui un reste d'instinct – ou, au contraire, de bon sens acquis au contact des humains (qui n'en manquent pas quand ils se donnent la peine de réfléchir deux secondes) – et s'est élancé sur nos pas. Sans un regard pour l'autre, qui ne pouvait pas bouger et continuait à aboyer en sautant sur place. J'ai freiné Géo, je n'assumais pas cette image du chien aveugle incapable de s'enfuir, abandonné au feu. J'ai aboyé à mon tour quelque chose comme « Hey ! » ou « Viens ! » (je m'en suis encore une fois voulu de ne pas connaître trois mots d'italien, de ne même pas savoir dire « chien » – sans penser, crétin que j'étais (mais crétin talonné par la mort, à ma décharge), que les chiens, qu'ils vivent en Bolivie ou en France, ne répondent pas quand on les appelle « Chien ! »), et j'ai aussitôt compris que même si je connaissais son nom, ça ne servirait à rien. Au mieux, il viendrait vers moi, mais ensuite il faudrait, si par chance il se laissait faire, que je le porte en courant sur le petit chemin de terre en pente raide, or il devait bien peser quarante kilos. C'était impossible. Alors je suis parti. Je l'ai imaginé seul être vivant dans la fournaise, cloué sur la terrasse ou se cognant aux arbres en essayant de s'échapper, livré à lui-même dans le noir absolu, épouvanté, dévoré par les flammes, et je suis parti, comme le chien blanc.

– Il va rester là, papa ?

Géo ne comprenait pas, horrifié comme n'importe quel enfant par le spectacle douloureux d'un animal impuissant en danger, mais la peur était plus forte, il classait inconsciemment ses émotions : il savait qu'il fallait courir.

Plus bas, j'ai profité de quelques mètres de plat pour ralentir et jeter un coup d'œil par-dessus mon épaule, nous prenions de l'avance sur le feu, le chien noir aboyait, Tanja n'était toujours pas là, et dès que la descente a repris, mes pieds sont partis tout seuls sur la terre sèche et j'ai volplané comme un vieillard sur une flaque d'huile – je suis tombé lourdement sur le dos. Géo, brusquement tiré en arrière, a tourné la tête et baissé des yeux ahuris vers son père étalé.

– Ça va, Voltaire ? a crié Oum.

– Oui, ça va bien, c'est rien, on continue, ai-je articulé de la voix la plus sobre et décontractée possible (j'ai dû puiser dans mes ressources), pour ne pas alarmer Géo.

– On va être sauvés, papa ?

– Oui fiston, t'inquiète pas.

(Je ne pouvais pas lui reprocher cette pointe de perplexité : son ange gardien a un corps massif et de grands pieds, et ça ne lui sert à rien.)

Je me suis relevé avec la grâce d'un cochon mourant et nous avons repris la fuite. Nous étions les derniers sur le chemin attaqué (Tanja mise à part), nous serions les premiers brûlés, il fallait accélérer – nous n'étions déjà plus les derniers, nous dépassions la vieille femme en noir, qui ne pouvait parcourir qu'une dizaine de centimètres à chaque pas. Je l'ai doublée avec Géo sans vraiment y penser (je voulais sauver mon fils des flammes qui le réduiraient en cendres, c'est tout – je pensais en galopant que si Dieu ou je ne sais quel Maître des Choses et du Temps était apparu dans le ciel en mugissant : « Allez, toi, le corps massif, tu te laisses griller et le moutard pourra filer », je n'aurais pas hésité), mais, devinant qu'Oum n'était plus juste derrière nous (l'amour…), je me suis retourné et l'ai vue marcher à côté de la retardataire, en la tenant par le bras.

– Oum ! (J'ai un peu regretté, mais c'était sorti.)

– Il faut que j'aide la dame !

J'ai eu envie de dire quelque chose comme : « Laisse-la, elle a bien vécu ! », mais cette fois, je me suis retenu. Pourtant, c'était sincèrement ce que je pensais : je ne trouvais pas normal que nous mourions en essayant de sauver une vieille femme. Je ne voulais pas mettre en jeu la vie de mon fils (et celle

49

de ses parents, soyons honnête) pour que cette brave grand-mère reste quatre ou cinq ans de plus sur terre. J'ai continué à avancer avec Géo, en ralentissant tout de même un peu pour ne pas abandonner Oum. Je voyais la femme que j'aimais à la traîne, ma raison d'être, sur fond de flammes et de fumée, et ça m'ouvrait les entrailles – tout ce que je réussissais à penser, c'était : « Laisse-la griller, et tu pourras filer. » (C'est dans les situations délicates qu'on comprend qu'on est moins altruiste qu'on l'espérait. J'ai été obligé d'admettre à cet instant, et pour le restant de mes jours, que je n'étais pas prêt à risquer la mort, encore moins celle de ma femme et de mon fils, pour sauver quelqu'un. C'est la honte, mais c'est la vie.)

Heureusement, Oum a réussi à transmettre une partie de son énergie nerveuse à la pauvre mémé laissée pour morte, qui s'est soudain mise à tressaillir comme si elle recevait de l'électricité dans le corps (« Bien joué, Dr Frankenstein ! ») et, presque portée par sa secouriste, a pu par miracle allonger sa foulée (c'est un grand mot) et augmenter sensiblement sa vitesse, pour atteindre à peu près celle d'un jeune hérisson.

Une minute plus tard, nous arrivions en vue de la plage et de sa mer toute-puissante, Ana Upla nous attendait en haut des cinq ou six marches qui y menaient, au pied du dernier pin, la tension est descendue de plusieurs crans. Nous étions parvenus, malgré l'encombrant boulet noir, à mettre suffisamment de distance entre le feu et nous pour pouvoir respirer (ce n'était pas l'écart entre les pôles, mais l'eau était toute proche, ça irait). C'est très impressionnant, le feu, mais sans vouloir jouer les cadors, c'est moins rapide qu'on le dit. Un crocodile, par exemple, ça court plus vite qu'un homme – et cependant, le crocodile ne la ramène pas autant, tremblez mortels et tout le toutim, il vous regarde juste de son œil globuleux et torve. (En même temps, un troupeau de crocodiles aux yeux torves et globuleux qui dévale une colline à fond de train pour vous faire un sort, ça ne doit pas être rassurant non plus, tremblez mortels et pas qu'un peu.)

Le chien blanc s'est arrêté là. Il s'est retourné, comme pour constater les dégâts et envoyer un adieu télépathique à l'autre.

Sur la plage, à présent, plus personne ne folâtrait épagneul ni ne dévorait *Crime d'amour à Santa Cruz*. Au bas du petit escalier, debout devant son snack-buvette en bois (sans doute construit à la vavite le jour de l'invention des bains de mer), le quinquagénaire caramélisé qui passait ses journées assis torse nu, en bermuda, sur une chaise en plastique jaune, à fixer l'horizon (quand reviendras-tu, Paola ?), levait les yeux vers le danger, les pieds légèrement écartés, un extincteur des années 40 à la main. Certains esprits impulsifs, laissés trop longtemps sous l'éteignoir d'un bob Heineken, réagissent de manière imprévue face à une menace subite. Un déclic et c'est le choc mental. Pensait-il réellement qu'il allait pouvoir lutter seul, crânement campé sur ses jambes maigrelettes, contre une montagne de flammes ? Les gens sont mystérieux et fascinants – l'espoir fou a quelque chose de beau. (Cet homme, croisant par malheur, dans la savane, la route d'un couple d'éléphants hors d'eux décidés à écraser tout ce qui bouge, sortirait son couteau.) D'autant qu'il devait rester un ou deux dés à coudre de mousse dans cet extincteur prémathusalémique. (J'ai repensé, en souriant vers l'intérieur, à Zouzou, un ami de comptoir du Saxo Bar, qui m'avait raconté une belle histoire d'extincteur et de mousse. C'était à l'époque où il trompait encore souvent sa femme (ensuite, avec l'habitude, il s'était lassé, les aventures lubriques s'étaient espacées, et il avait fini, fataliste, par devenir un bon mari), il travaillait alors comme gardien de nuit dans un immeuble de bureaux du côté de la gare de l'Est. Pendant quelque temps, il avait eu une liaison réjouissante avec une jeune serveuse pas spécialement favorisée par les caprices de Dame Nature, mais vive et volontaire – de celles dont on dit délicatement qu'elles se tiennent mieux sur le dos qu'une chèvre sur ses cornes. Cinq matins par semaine, quand il quittait le boulot, à six heures (il disait à sa femme qu'il finissait à sept), il allait la rejoindre dans le bar de nuit où elle officiait courageusement, ils s'allumaient la ruche au whisky pendant une heure et demie, afin d'effacer la nuit et de se mettre dans de bonnes dispositions pour l'amour, puis ils partaient en scooter vers chez lui, où ils arrivaient à huit heures, fringants, juste la musette adéquate. Mme Zouzou, qui travaillait d'arrache-pied dans une fabrique de chaussures, en banlieue, quittait le domicile conjugal tous les matins à sept heures et demie sonnantes, jamais une minute de retard, le patron est roi – et dans la chaussure, on néglige trop souvent l'importance de la semelle (son domaine). Le lit était sans doute encore tiède quand son mari et la serveuse maniable se jetaient dessus en riant, pour un bon moment de récréation corporelle. J'avais demandé à Zouzou s'il n'était pas un peu barjot, s'il ne craignait pas que sa femme les croise dans l'escalier, ou remarque, sente, détecte quelque chose le soir en rentrant – parfum, cheveux, tâches de sperme ou de ce qu'on veut, les indices d'une trahison ne devaient pas manquer. Il avait rigolé, comme si j'étais le dernier des pleutres alarmistes : le matin, ils scrutaient attentivement les fenêtres et l'escalier avant de monter, bien sûr, par acquis de conscience, et le soir, elle était trop abrutie par sa journée à trimer pour détecter quoi que ce soit. Mais un jour, deux événements se sont télescopés. (Ça arrive.) Le premier, c'est qu'ayant forcé un peu sur la rincette, et ayant débarqué dans l'immeuble d'humeur encore plus légère et bambine que d'habitude, ils avaient eu la bonne idée, les joyeux amants, de s'asperger mutuellement avec l'extincteur du parking. Ce n'est pas particulièrement drôle, mais j'imagine que lorsqu'on est rond comme une queue de pelle et qu'on sait qu'on va faire le zouave à quatre pattes pendant les deux heures à venir, ça peut prendre un petit côté amusant. Ils étaient couverts de mousse blanche de la tête aux pieds. Le second imprévu de ce matin maudit, c'est que Mme Zouzou avait vomi toute la nuit (elle découvrirait la semaine suivante qu'elle était enceinte). Les viscères en compote, n'ayant pas dormi plus de deux minutes, elle avait dû se résoudre, pour la première fois de sa vie, à ne pas aller remplir ses obligations cordonnières. Si encore, en allumant la lumière de la chambre, Zouzou et sa traînée n'avaient pas été couverts de mousse, il aurait peut-être pu tenter le coup de la petite provinciale perdue croisée dehors, qui avait besoin de téléphoner pour qu'un parent vienne la chercher. Mais là, non. Ils se sont retrouvés face à la pauvre femme couleur de bile, assise dans son lit, nauséeuse, des traces de vomi séché sur le menton, fixant d'un œil incrédule et vitreux ces deux pervers déguisés en bonshommes de neige qui venaient s'accoupler dans sa chambre. Je pense qu'il a dû y avoir cinq ou six secondes de silence et d'immobilité absolus. (J'imagine le bon Zouzou se creusant furieusement la cervelle pour trouver une explication (vite, vite, bon sang), et ne pouvant se décider à lui donner la seule possible : « Eh bien, écoute, voilà, nous venions pour, comment dire, pour faire l'amour, si tu veux, pendant ton absence, et nous nous sommes, je sais bien que c'est un peu bête mais nous nous sommes aspergés de mousse avant de monter. C'est pour ça que, qu'on est tout couverts de mousse, quoi. ») J'ai conscience de la souffrance morale que cette scène a pu causer à Mme Zouzou, et je compatis, mais quand je me représente sa tête face à cette intrusion adultère et mousseuse, j'ai du mal à ne pas me réjouir.)

– On est sauvés, papa ?

– Oui mon fils.

Des larmes sur les bulots

Il suffisait maintenant de rester sur la plage (une trentaine de mètres de sable nous séparerait des arbres qui la bordaient sur toute sa longueur) ou, au pire, d'entrer dans l'eau si les flammes, aidées par le vent notre ennemi, venaient nous roussir les mollets. Pendant quinze ou vingt secondes, il semblait ne plus y avoir de raisons de s'inquiéter. Nous avons déposé la mémé à bon port, haletante et débordée, Oum lui a caressé le bras en lui demandant avec les yeux si ça allait, elle a hoché faiblement la tête, puis nous lui avons tourné le dos et nous ne l'avons plus jamais revue (quand on sait ce qui s'est passé ensuite, ce n'est pas très étonnant).

Les gens en maillot n'étaient pas rassurés. Ils ne venaient pas de cavaler dans la forêt avec le feu aux fesses, pourtant, mais semblaient à présent plus anxieux que nous – la position de spectateur passif, face au danger qui descend la colline à vitesse notable, permet sans doute plus de lucidité que celle de fuyard désarticulé qui doit sauver sa peau. D'ailleurs, peu d'entre eux regardaient encore vers les hauteurs boisées (qui l'étaient de moins en

55

moins, au détriment de l'élégance bucolique), la plupart s'éloignaient, d'un pas plus ou moins pressé selon leur nature profonde, vers l'autre extrémité de la plage. Et après tout, les suivre ne coûtait rien. Le sable et l'eau étaient les mêmes là-bas, donc les refuges identiques, c'était simplement plus loin de la source de mort, ce qui ne pouvait pas être mauvais : un type qui vous vise avec un bazooka paraît moins patibulaire à trois cents mètres qu'à cinq. (Le nôtre avançait en courant, mais même : mieux valait mettre trois cents mètres entre lui et nous, car un type à cinq mètres qui court vers vous avec un bazooka, il n'y a rien de plus patibulaire.)

Nous avons donc emboîté le pas aux baigneurs déserteurs, nous incrustant sans faire de manières, humblement, dans une scène qui prenait des allures de retraite de Russie sous le soleil. Nous marchions tous les quatre de front, Oum, Ana Upla, Géo et moi. Sur notre droite, à la frontière entre plage et forêt, c'était l'angoisse dans le camping – il est bien plus facile d'abandonner sa serviette et son seau sur le sable que sa caravane et sa voiture entre deux arbres. Certains Allemands s'étaient résignés (ils avaient assez rapidement fait le tour de la question : même si l'être humain est capable de prouesses insoupçonnées, emporter sa caravane et sa voiture sur son dos flirte avec l'impossible), mais d'autres restaient là à fixer leur Mercedes et leur somptueuse maison roulante en se frottant la tête, désespérés face à un problème insoluble. Bloqués, ils semblaient n'avoir plus d'autre idée que de se concentrer de toutes leurs forces pour les transformer en modèles réduits Majorette, afin de pouvoir les mettre dans les poches de leur bermuda pour leur redonner plus tard, quand tout serait fini, ce cauchemar, leur taille initiale, avec le micro-ondes, le service à salade et l'écran plat intacts. Mais le feu approchait, se nourrissant des pins et s'amplifiant, s'étendant maintenant largement sur la colline, comme les Apaches lorsqu'ils apparaissaient, et le camping se vidait malgré tout. Peu à peu, les derniers résistants, les derniers irrationnels quittaient leurs biens terrestres.

J'ai pensé que nous nous enfuyions peut-être un peu trop calmement. Il s'agissait de ne pas oublier que, dans chacune des deux cents caravanes, il y avait une bonbonne de gaz.

Je transpirais. Derrière nous, là-haut, l'endroit où se trouvait – où s'était trouvé – Nido Verde n'était plus qu'un champ de flammes. Notre balcon. Le balai dont je m'étais servi deux ans plus tôt. Les bols du petit déjeuner dans l'évier. Le cendrier, avec nos quelques cigarettes écrasées. Le lit sur lequel Géo faisait danser son pape Bionicle. Le jeu des Sept Familles posé sur la table en plastique de la terrasse (« Dans la famille Savant Fou, je voudrais… la fille ! – Pioche ! »). Les paréos d'Oum qui flottaient dans le vent à peine quelques instants plus tôt, pendant que nous mangions du salami, tout brûlait dans un vacarme infernal, des hurlements de flammes, tout fondait, se tordait, tout explosait à l'endroit où nous buvions du café, mangions du salami, tous les trois, quelques minutes plus tôt.

Je n'étais pas dans les meilleures conditions pour l'observation minutieuse des alentours, mais, non, je ne voyais toujours pas Tanja. J'ai pris le sac de toile orange (celui dans lequel nous mettions nos serviettes de plage) des mains d'Oum, dont le visage rosissait dans la chaleur et qui avait suffisamment à porter avec tous ses papiers inutiles – il était temps que je joue mon rôle de père de famille, que j'affiche force et sérénité, que j'assume, ou du moins que je fasse mine. Elle me l'a laissé en rechignant (dans les rues de Paris, Oum, qui avait la carrure d'une girafe en cure et pesait une libellule morte, tenait toujours à tout porter, deux, trois, quatre sacs, tout ce que nous devions trimbaler : je marchais près d'elle les mains vides, avec juste mon petit sac matelot à l'épaule, comme un pacha moderne (qui n'oblige pas sa femme à se tenir derrière lui), sous le regard désapprobateur ou gêné des passants – mais je n'avais pas intérêt à bouger une oreille : si je lui proposais plus d'une fois de l'aider, elle me glaçait des yeux et je me gardais bien de demander mon reste (les passants feraient mieux de ne pas trop se fier aux apparences, parfois le pacha file doux)) : fatiguée par la course en descente et le prolongement sur le sable, inquiète et fébrile, ou simplement consciente de la position de père porteur qu'il me fallait adopter, elle n'a hésité que deux secondes à me le passer – le sac de toile orange. Respire, girafe. Lâchant un moment la main de Géo, qui avançait en regardant droit devant lui, concentré sur ses responsabilités (ne pas encombrer), j'ai ouvert le sac, pour voir ce qu'elle avait choisi de sauver parmi les trésors que nous avions apportés de France. Au fond, se trouvaient les serviettes, comme toujours, et dessus, le gros Pikachu en peluche de Géo et... Dans l'appartement, il y avait un appareil photo qui nous avait coûté bras et jambes, le stylo que mes parents m'avaient offert pour mes quarante ans, tous ses bracelets, bagues et boucles d'oreilles (un peu de toc mais pas seulement), le petit lecteur de CD et les mini-enceintes, la robe de soirée plus légère que l'air, en soie de je ne sais quelle planète, qui m'avait endetté pour un siècle le jour de ses trente ans, le briquet Dupont que j'avais juré de ne jamais perdre, le cahier dans lequel elle avait noté depuis trois ans toutes les idées pour le livre qu'elle s'apprêtait à écrire, les deux seuls jeux de clés de notre appartement à Paris, et quand il s'est agi de sélectionner, en une minute, ce qu'il était important de conserver pour la vie de bohémiens sauvés du feu qui nous attendait, elle avait pris le gros Pikachu en peluche de Géo, ses trois doudous (trois petites marionnettes molles, rouges et vertes – notre amie Audrey lui en avait offert une à sa naissance, et comme il l'avait mystérieusement élue parmi vingt autres cadeaux de ce genre grâce à son puissant flair de bébé, nous en avions acheté deux autres identiques pour éviter tout drame à venir), et la cartouche Super Mario pour la DS qu'elle avait dans son sac. Un Pikachu, trois doudous, une cartouche Super Mario. Dans l'urgence. Avant de refermer la porte à double tour (pour donner quand même du fil à retordre au feu). J'ai tourné la tête pour lui parler (ses yeux commençaient à se cerner de blanc, comme ceux des skieurs à lunettes de soleil, signe d'angoisse ou d'épuisement nerveux chez elle), mais je me suis tu, j'ai simplement pensé que je ne lui dirais plus jamais un mot de travers, et que si elle mourait dans ce feu, je me mettrais à tuer des millions de personnes à mains nues.

Mais il n'était pas encore question de mourir. J'ai repris la main de Géo (qui pensait parfois que sa mère était un peu bizarre, ou chiante, le jeune écervelé) au moment où le caramélisé quinquagénaire à l'extincteur nous a dépassés en courant – il n'avait plus son extincteur à la main (dommage, la scène n'aurait pas manqué de beauté absurde), ayant soudain, probablement, assimilé la notion d'incendie gigantesque et opté pour la seule autre attitude qu'offre un esprit rendu binaire par de trop hautes températures : le sprint. (À des milliers de kilomètres de là, Paola, dans les bras huileux d'un gigolo brésilien, ne se doutait de rien – pourtant, elle avait peut-être encore, de temps en temps, une pensée nostalgique et souriante pour ce beau garçon avec qui elle avait inauguré, vingt ans plus tôt, en se serrant contre lui, le snack-buvette.) J'ai senti les doigts de Géo se crisper sur les miens, vu du coin de l'œil sa tête se lever vers moi, avant de le rassurer je me suis retourné : cette solution du sprint n'était pas si ridicule, des flammes de vingt ou trente mètres de haut fondaient vers la plage, ravageant tout maintenant à peu près à l'endroit où j'avais glissé, où j'étais tombé sur le dos – trois secondes plus tôt, me semblait-il. Il y avait encore la trace de mon corps sur la terre, dans ce chaos ardent. Il y avait encore, là-bas, le chien noir aveugle, seul.

J'ai mis nos six tongs dans le sac de toile – Ana gardait ses chaussures rouges à la main. Il fallait accélérer. Inutile de courir comme le caramélisé du bulbe, car de toute façon nous allions rester sur ce sanctuaire de sable, mais mieux valait tout de même ne pas traîner de ce côté de la plage : une fumée lourde et noire (certainement à cause des maisons et des voitures qui brûlaient) descendait vers la mer. Je commençais à comprendre pourquoi, par intuition collective, tout le monde s'était éloigné dans la direction opposée, malgré la raison (toujours un peu simpliste) qui suggère que l'eau protège de tout ce qui brûle : la fumée noire et lourde se couchait sur la mer à la hauteur du snack-buvette, s'allongeait sur la mer, lesbienne diabolique, lentement, posément, comme pour la narguer – le simpliste immergé jusqu'au cou n'aurait pu survivre que le temps de retenir sa respiration. Je commençais simultanément à comprendre que ce ne serait pas très différent trois cents mètres plus loin. On voit peu d'incendies s'interrompre brusquement au beau milieu d'une forêt, allez j'arrête, c'est bon, vous pouvez revenir. Celui-ci continuerait naturellement à longer la plage jusqu'à l'autre extrémité, qu'il atteindrait en cinq ou dix minutes selon la force et la direction du vent, nous serions coincés là-bas dans l'eau, dans la fumée, et il ne nous resterait plus alors à vivre que le temps de retenir notre respiration – ce qui ne fait pas beaucoup, quand on aime la vie. Enfin, pour l'instant, c'était très simple, il suffisait de marcher vite et sans réfléchir. Une position somme toute assez confortable.

Nous avions parcouru la moitié du chemin quand les premiers arrivés au bout de la plage sont entrés dans l'eau. Quelqu'un avait décidé, non sans jugeote, qu'il fallait passer par la mer pour accéder à la plage suivante (il devait donc y en avoir une), en contournant l'avancée rocheuse qui marquait la fin de celle-ci, comme une longue et haute jetée recouverte de pins (et couronnée d'une villa blanche somptueuse, dominant l'Adriatique, qui faisait baver d'envie les baigneurs). C'était ça ou la mort par asphyxie. Nous serions obligés de nous aventurer assez loin dans la mer pour passer le cap (jusqu'à une profondeur où nous n'aurions peut-être plus pied – je préférais ne pas envisager cette éventualité préoccupante avant d'y être contraint par l'évidence), nous devrions probablement dire adieu à tout ce qui se trouvait dans nos sacs, mais c'était ça ou la mort atroce par asphyxie dans la fumée noire et lourde, ce qui ne laissait pas la moitié d'un strapontin à l'hésitation. (Décidément, échapper au danger n'est pas si complexe et déstabilisant qu'on pourrait le penser : on n'a pas le choix, c'est facile.)

Nous n'étions plus qu'à une cinquantaine de mètres de la fin de notre parcours sur le sable quand une explosion paralysante a retenti derrière nous. Le temps de nous retourner (comme tout le monde avec un bel ensemble, ballet balnéaire), deux autres l'ont suivie, trois champignons orange et noir s'élevaient vers le ciel. Les premières caravanes sautaient. Il nous avait trouvés, il arrivait.

De nombreuses personnes étaient encore en retrait, des silhouettes perdues sur la plage à trente mètres des boules de feu, certaines ont surgi comme des cafards baygonisés hors du camping, toutes se sont mises à courir vers nous. Nous devions courir aussi, maintenant. Le ruban de caravanes qui bordait la plage sur toute sa longueur ferait mèche. Ça puait déjà le caoutchouc brûlé. Géo s'est mis à répéter « Papa… Papa… Papa… », Oum a pris la main d'Ana Upla et nous nous sommes élancés tous les quatre sur la dernière ligne droite de sable (plus pour ne pas nous faire bousculer ou piétiner par ceux qui se ruaient vers nous que par réelle crainte de griller dans les secondes à venir, car nous avions encore deux cents bons mètres d'avance sur le monstre multiforme), en trébuchant et patinant comme des lapins dans la semoule, jusqu'à la mer dans laquelle nous sommes entrés en troupeau. La sensation de fraîcheur n'a duré que deux ou trois secondes.

Les genoux immergés dans les vagues, tout le monde se calmait. Par la force des choses (il faut être un athlète de rang mondial pour continuer à courir comme un dératé avec de l'eau jusqu'à la taille), mais aussi parce qu'en regardant devant nous, nous voyions les premiers de la file disparaître de l'autre côté de la pointe rocheuse, vers des terres inconnues et invisibles qui ne pouvaient être que plus sûres, provisoirement du moins. Dans notre dos, les caravanes explosaient les unes après les autres. Tout le monde se calmait, paraissait calme, progressait silencieusement, mais dans les têtes, c'était le vide et la panique.

Des centaines ou des milliers de moules et de coques ou de palourdes ou je ne sais quoi (j'ai quelques notions de base dans plusieurs domaines, mais alors en coquillages, je suis la truffe des truffes) étaient accrochées serrées aux rochers que nous longions. (Les coquillages jouissent de quelques avantages qui font envie (grande protection contre l'extérieur, intimité, possibilité d'isolement bienfaisant), mais le prix à payer est un inconvénient majeur, qui s'avère extrêmement regrettable en certaines circonstances : ils ne peuvent pas se sauver. Ils sont cloués sur place, les malheureux. Toutes ces moules que le creux des vagues découvrait, peinardes dans leur coquille (qui mieux que moi ?), allaient avoir des problèmes.) Dans mon cerveau gazeux de pauvre type affolé qui regarde les moules, est soudain apparue une image que je n'attendais pas : Oum et moi au restaurant.

C'était la deuxième soirée que nous passions ensemble. La veille, nous étions allés à l'indien de ma rue, simplement pour se créer un sas, trouver un truc à faire avant de monter nous mélanger pour la première fois chez moi. L'indien avait bien rempli son rôle – elle s'était gavée de poulet tikka, de curry et de nan au fromage, et s'était déshabillée à peine entrée dans ma chambre, molle et épicée –, nous pouvions maintenant, après une nuit dans mon lit et une journée ensemble au Saxo Bar, choisir un restaurant qui ne servirait pas seulement de salle d'attente. Pour lui montrer que je savais vivre (je ne suis pas qu'un amant d'exception), je l'ai emmenée chez Charlot, place Clichy. Pourtant, rien au monde ne me ferait mettre l'intérieur d'un coquillage dans ma bouche (ce dégoût (légitime) explique en partie mon statut de truffe en la matière), mais je savais qu'elle, au contraire, adorait ça, or l'une des règles d'or de l'amour est de se montrer grand prince, surtout le deuxième soir.

C'était un assez bel endroit, plutôt chic, Oum était contente. J'ai commandé quelque chose comme un feuilleté au chèvre et un pavé de rumsteck avec des frites, ou assimilés, et elle, bien sûr, un grand plateau de fruits de mer. Quand le serveur le lui a apporté, elle est restée un moment interdite, ébahie – il faut reconnaître que c'était impressionnant, toutes ces créatures préhistoriques entassées sur la glace pilée. Elle a contemplé le gros crabe, les crevettes, les langoustines ou leurs cousines et les coquillages archaïques aux formes inquiétantes, puis elle a pris un bulot ou une petite monstruosité de ce genre, l'a fixé un moment en le tenant entre deux doigts, et s'est mise à pleurer.

– Qu'est-ce qu'il y a ?

– Rien…

– Mais pourquoi tu pleures ?

– Pour rien, ne t'inquiète pas, mange.

Sans vouloir être tatillon, ça n'allait pas, comme réponse. J'avais faim, mais je ne me voyais pas enfourner tranquillement une bonne bouchée de mon feuilleté au chèvre pendant qu'elle fondait en larmes en regardant son bulot – le restaurant, c'est la jungle, c'est chacun pour soi. Elle l'a reposé, son bulot larmogène, a soulevé le crabe, une langoustine, a finalement choisi une bestiole conique en spirale et a cette fois littéralement éclaté en sanglots, en poussant de petits cris de souffrance étouffés.

– Mais qu'est-ce qui se passe, Oum ?

– Rien, je t'assure, ça va, a-t-elle illogiquement hoqueté, les épaules secouées de spasmes pathétiques qu'elle n'arrivait pas à contenir, en essuyant du revers de la main son nez qui coulait.

Si, quand cette fille pleure à se noyer, ça va, le pire est à craindre, j'ai pensé. Je sentais bien qu'un truc clochait (mon flair légendaire), mais je n'ai pas pu savoir quoi – elle ne m'a donné l'explication que trois jours plus tard. Tout le monde, aux tables voisines, tournait les yeux vers nous plus ou moins discrètement, pour voir quel était le salaud qui faisait sangloter cette jolie fille (c'est un bulot, les amis, ne me regardez pas comme ça). Le serveur a fait quelques pas dans notre direction, craignant peut-être qu'un coquillage pas frais ou un plateau pas suffisamment garni au goût de la dame aient déclenché cet accès de désespoir. Je savais bien que non, ma future femme ne s'effondre pas pour des broutilles, mais je ne voyais pas non plus dix-huit autres possibilités. Abandonnée bébé dans une crique par ses parents, elle avait été élevée par des coquillages pendant ses dix premières années, et n'assumait pas d'être à présent passée de l'autre côté de la barrière ? Ou plus simplement, elle avait eu un bulot quand elle était petite ? La dernière fois qu'elle avait mangé des bulots mayonnaise, c'était avec le grand amour de sa vie, un jeune pêcheur breton d'une beauté fascinante qu'une maladie rare et foudroyante avait emporté à vingt ans ? (Sûrement, tiens. Le grand amour de sa vie, il est en face d'elle, et il n'a pas l'intention de se laisser emporter par quoi que ce soit.) Je ne trouvais aucune explication satisfaisante. Heureusement, elle a fini par se reprendre et j'ai enfin pu m'envoyer le feuilleté (dans un silence pesant), pendant qu'elle grignotait, les yeux rouges (le nez aussi) et les mains tremblantes, maladroitement, ses machins gluants.

Trois jours plus tard, donc, alors que nous reposions haletants (et gluants) sur mon lit, elle avait éclairé la pauvre lanterne qui me sert de ciboulot (mayonnaise). Elle pleurait parce qu'elle ne savait pas manger les coquillages, contrairement à ce qu'elle m'avait affirmé avec l'enthousiasme d'une spécialiste épicurienne. Elle arrivait d'Alsace, où elle avait passé son enfance dans les modestes conditions qu'imposait la vie de hippy champêtre que menait sa mère, et où le bulot ne court pas les rues : elle ne s'était jamais trouvée devant des animaux marins extravagants. Je ne savais pas qu'elle me considérait à l'époque comme une sorte d'étincelant nabab de la vie parisienne (pourtant, face à elle, je me sentais plutôt dindon boiteux devant une licorne) : elle pleurait parce qu'elle avait honte, honte de ne pas savoir manger des coquillages sous les yeux d'un génie. C'était idiot, bien sûr (rien ne pouvait me faire plus plaisir qu'elle ne sache pas manger des coquillages – et même si elle n'avait pas su manger des nouilles au beurre, mon coup de foudre n'en aurait pas perdu un demi-volt, on n'aime pas une fille parce qu'elle sait manger des nouilles), mais elle débutait dans la vie, découvrait les épreuves et franchissait les étapes une à une, pas à pas, grandissant chaque jour (la veille, à l'indien, elle avait englouti, avec l'assurance d'une habituée, la décoration posée sur la table : de vieilles carottes et de vieux radis sculptés en formes de roses et de tulipes et piqués sur une boule en aluminium, petits chefs-d'œuvre alimentaires qu'on avait dû confectionner dans les années soixante-dix).

Voilà ce qui me revenait en mémoire, le regard sur les moules (c'était un peu long à raconter mais ça ne m'a occupé l'esprit que deux secondes – d'où la longueur des livres), de l'eau jusqu'à la taille, le feu aux trousses. À côté de moi, Géo commençait à sautiller pour ne pas boire la tasse. Il ne savait pas encore vraiment nager. Plus loin devant nous, seules les têtes dépassaient de l'eau.

La cohue de fuyards s'affinait au fur et à mesure qu'elle s'éloignait du rivage, pour ne devenir plus qu'une file indienne à une trentaine de mètres du virage vers l'ailleurs. J'ai remarqué avec étonnement que ceux qui nous précédaient contournaient les rochers très au large, perdant ainsi des forces et un temps précieux. J'ai compris pourquoi quand une femme a quitté le rang pour couper au plus court et a été aussitôt avalée par la mer : ils marchaient sans doute sur un genre de banc de sable étroit, bordé des deux côtés par de petits précipices aquatiques. La femme est revenue dans la file en nageant, probablement un peu penaude. Dans des circonstances extrêmes, il n'est parfois pas si stupide de faire le mouton.

J'avais maintenant de l'eau presque jusqu'aux côtes. Géo battait des pieds pour essayer de flotter entre deux rebonds, progressant comme un cosmonaute sur la lune. Je le soutenais de la main gauche, et de la droite, je levais les sacs pour retarder – bêtement – le moment où – inévitablement – je devrais me résoudre à les laisser tremper. À baisser le bras. Derrière nous, Oum et Ana Upla suivaient en silence (comme tout le monde), un peu plus immergées que moi – Ana avait changé d'expression, de regard : il n'y avait plus dans ses yeux cette clarté détachée qui donnait envie d'être comme elle. Plus loin, le camping était à moitié détruit, les explosions se multipliaient, la ferraille volait dans les flammes, on aurait dit une petite ville prise pour cible par des bombardiers fous. Il me semblait nous voir encore là-bas, passant lentement en voiture dans l'allée, devant les Allemands qui jouaient aux cartes, le couple qui fermait sa caravane. Mais rien de tout cela n'existait plus.

Il restait encore quelques attardés sur le sable, qui couraient vers l'endroit où nous étions entrés dans l'eau, ayant peut-être voulu sauver un collier ou quelques billets. On ne voyait désormais plus rien derrière eux, ni la colline, ni le snack-buvette, ni les rangs serrés de parasols rouge et blanc réservés aux locataires d'une résidence voisine (qui s'y entassaient pour profiter de ce privilège), il n'y avait plus que du noir : un tiers de la longueur de la plage, et la mer jusqu'à cent ou deux cents mètres du bord, disparaissaient sous des montagnes mouvantes de fumée. Et devant nous, on ne voyait pas grand-chose non plus : la file s'interrompait à nos yeux au niveau du rocher le plus avancé, et je me rendais compte que je n'avais pas la moindre idée de ce qui se trouvait au-delà. J'avais spontanément imaginé que ce n'était qu'une pointe, que dès que nous l'aurions franchie, nous pourrions revenir vers le rivage, de l'autre côté, mais en réalité je n'en savais rien. La côte n'était peut-être pas si dentelée. Il faudrait peut-être continuer à avancer sur des centaines de mètres avec de l'eau jusqu'au menton, ou nager, avant de trouver un endroit où revenir sur terre. Géo n'y arriverait pas.

La progression devenait de plus en plus difficile, il fallait avancer vite et contre les vagues, casser des murets d'eau avec le torse, sans faiblir. Heureusement, le vent soufflait fort dans notre dos – mais il apportait sur nous la chaleur orange du camping en fusion, qui nous rôtissait la nuque. La petite femme qui se trouvait devant moi, et qui gémissait depuis un moment sans que mon cerveau l'ait vraiment enregistré, a commencé à pleurer quand marcher sur la pointe des pieds n'a plus suffi et qu'elle a dû se mettre à nager. Je l'avais remarquée lors des premiers mètres dans l'eau, elle était enceinte, très enceinte, sans doute de huit mois ou plus, et seule. À présent, elle était obligée de continuer à avancer, elle s'enfonçait, littéralement, et savait qu'il n'y avait pas d'autre issue. Je sentais, comme on sent une odeur d'ammoniaque, la terreur qui émanait d'elle. J'aurais aimé l'aider, mais bien sûr, je ne pouvais pas – la porter sur mes épaules ? Plus loin devant elle, un homme a jeté dans les vagues le sac de sport qu'il portait, pour soulever son bébé au-dessus de sa tête. À son crâne dégarni et à la chevelure roux clair de la femme qui nageait à ses côtés, j'ai reconnu le couple pâté de poule qui nous avait abordés au moment où nous montions dans notre voiture. Je me sentais moins disposé à critiquer ces timorés mentalement peu robustes.

Plusieurs sacs flottaient à présent de part et d'autre de la longue procession silencieuse. Deux autres bébés dominaient la ligne de têtes, de jeunes enfants s'accrochaient au cou de leur père comme à un tronc d'arbre. Je soutenais Géo par l'aisselle, il surnageait de son mieux. Quand, avançant sur le banc de sable providentiel qui ne faisait pas plus d'un mètre de large, j'ai à mon tour eu de l'eau jusqu'au cou, j'ai essayé d'éviter de penser à la petite vieille en robe noire qu'Oum avait aidée à descendre la colline.

Oum et Ana Upla avaient ralenti, plusieurs personnes les avaient dépassées et s'étaient intercalées entre nous. Oum, là-bas, devait lever le menton pour respirer mais recrachait de la mer à chaque vague (elle n'était pas à l'aise dans l'eau – rapide, imprévisible et déroutante de grâce dans l'air, elle perdait ses moyens dans cet élément qui l'engluait et la contraignait, comme une danseuse dans un placard encombré de balais), et Ana, qui nous avait confié, elle, détester se baigner (« Comment peut-on trouver du plaisir à se tremper dans du liquide et à gigoter pour ne pas couler ? »), retrouvait ses rudiments de brasse à côté d'elle – par chance, elle ne portait qu'une robe de coton, mais tenait encore ses chaussures rouges à la main. Elle commençait à avoir l'air absent, comme si elle pensait à autre chose.

Si la profondeur continuait à augmenter, et si le trajet durait, les problèmes allaient prendre de la consistance.

Je me suis retourné de nouveau, je n'aimais pas voir Oum en retrait, à dix ou quinze mètres de moi, sa tête seule dépassant de la surface, disparaissant parfois derrière une vague.

Nous amorcions le virage. Un homme en costume clair et chemise bleu pâle, aux cheveux grisonnants, se tenait sur la terrasse de la villa qui surplombait la mer, les mains augustement posées sur la balustrade blanche. Même de loin, d'en bas, on le devinait indécis, immobilisé, pris en tenaille entre deux sentiments : la certitude de sa supériorité, l'habitude de dominer, un certain apitoiement hautain à l'égard de ces pauvres bougres à la queue leu leu qui se démenaient dans l'eau pour ne pas se faire carboniser ; et la conscience encore floue qu'il n'y avait finalement pas de raison pour que sa belle demeure au milieu des arbres soit respectueusement épargnée par les flammes et que, peut-être, il lui faudrait bientôt descendre au trot de son perchoir et aller grossir les rangs des pauvres bougres.

Je me suis soudain rendu compte que je ne tenais plus Géo. Il nageait. Pour la première fois de sa courte vie, il nageait seul, en short et tee-shirt, encouragé par le feu. (La première fois de sa plus courte vie encore qu'il avait réussi à tenir debout, c'était aussi plus ou moins grâce au feu, en version maquette et potentielle : il s'était accroché à une bougie (éteinte). J'étais assis à mon bureau, il s'agrippait au fauteuil, je lui avais montré la bougie « de ménage » que je m'apprêtais à fixer dans le bougeoir, il l'avait prise à une main en même temps que moi, avait lâché le fauteuil, et lorsque je l'avais laissé la tenir seul, il avait gardé l'équilibre, mentalement aidé par ce petit poteau dans le vide. J'y ai repensé furtivement en le voyant nager – les grandes étapes de la vie, grâce au feu : tenir debout, nager, et ? baiser ? Il coucherait peut-être avec une fille pour la première fois devant un feu de cheminée (c'est un cliché qui ferait ricaner n'importe quel spécialiste (sur une peau de bête, et allez donc), mais dans ces moments-là – « Je couche avec une fille pour la première fois » –, on se fout des clichés comme du dernier tirage du Loto quand on a touché le Quinté dans l'ordre, et les spécialistes des boules peuvent aller cocher leurs grilles entre eux en ricanant (le 37, les gars, mettez le 37), on s'en tape), il coucherait peut-être pour la première fois avec une fille devant un feu de cheminée, s'il en avait le temps, s'il passait cette journée brûlante.) Mon fils nageait, j'étais fier de lui.

Mes deux sacs, de toile et matelot, étaient désormais presque entièrement dans l'eau, je n'avais plus la force de lever le bras et préférais ne pas me poser de questions quant à ce qui allait résister et ce qui serait dissous ou rongé par le sel. Nous étions tous presque entièrement dans l'eau, deux ou trois cents personnes, corps et biens.

Dès que nous avons franchi le rocher le plus avancé (le pauvre bougre en costume clair avait disparu de sa terrasse magnifique), je me suis senti plus léger : comme je l'avais espéré, il ne s'agissait que d'une pointe, et un virage presque en épingle à cheveux nous suffirait à prendre la direction de la plage suivante. Nous venions donc d'atteindre la profondeur maximale (il était temps : Géo s'épuisait – il tentait de le cacher mais je voyais bien qu'il ne parvenait plus à coordonner ses mouvements –, Ana Upla sans doute aussi, et Oum, là-bas, progressait péniblement en combinant des sauts d'autruche handicapée et une sorte de brasse dans la semoule, rendue plus laborieuse encore par le port de son sac), chaque pas désormais nous sortait de la mer.

Depuis quelques minutes, j'avais remarqué une femme, à dix ou quinze mètres devant moi, qui brandissait un livre au-dessus de sa tête – elle avait tenu bon pendant tout le trajet dans les vagues, les muscles tétanisés, le livre n'avait pas dû recevoir une goutte. Quand nous avons enfin atteint le sable (épuisés, la tête incandescente sous le soleil et le corps dégoulinant (certains ne portaient que leur maillot mais d'autres, comme nous, étaient en tenue d'été, short, tee-shirt ou robe), zombies d'eau ruisselants et patauds qui débarquent en colonne), je me suis approché d'elle afin de savoir ce qu'elle lisait de si précieux. C'était la traduction italienne d'un roman de Guillaume Musso. L'humanité acharnée qui court pour échapper à la destruction a parfois l'air un peu ridicule.

Je me suis accroupi pour prendre Géo dans mes bras et le féliciter de son entrée spectaculaire dans le monde de la natation (« Ça y est, papa, on est sauvés ? »), en attendant qu'Oum et Ana Upla nous rejoignent, puis nous avons continué tous les quatre à marcher, mécaniquement. C'était une plage plus petite que l'autre – une grande crique, disons, entourée d'arbres. La plupart des vacanciers qui étaient venus se baigner là restaient pour l'instant sur place (on ne voyait pas de flammes, de ce côté du promontoire au bout duquel se trouvait la villa, seulement les énormes volutes noires qui montaient de la forêt et du camping anéantis), inquiets mais mesurés, attentifs. Ceux qui n'avaient pas échangé quelques mots avec les envahisseurs trempés pouvaient penser qu'il ne s'agissait que d'un grand incendie au camping, qui ne dépasserait pas le rang de drame matériel et ne menacerait en rien leur sanctuaire – comme lorsqu'on voit un bâtiment brûler à Paris, à cinq pâtés de maisons. Mais les troupes résignées de l'exode, elles, savaient que le feu venait de bien plus loin, qu'il venait rapidement et ne ferait qu'une bouchée du promontoire vert que les locaux prenaient pour un rempart. Pas un de ceux qui arrivaient de la mer ne s'est attardé pour reprendre son souffle, tous ont poursuivi leur chemin pénible vers autre part, humbles et disciplinés. Nous aussi, donc.

J'avais tout de même le sentiment, depuis que nous avions accédé à cette zone encore intacte, que le danger était derrière nous, caché dans le passé par le rempart illusoire, effacé. À cet instant, il n'y avait plus dans notre dos que quelques mètres de sable, des rochers et des pins.

Ça ne durerait pas, nous serions vite rattrapés. Et cette fois, à l'autre bout de la plage, il serait impossible de fuir par la mer : la terre s'y avançait sur trois cents mètres au moins, seuls d'anciens champions olympiques (Mark Spitz et compagnie) réussiraient à contourner la côte sans sombrer en route. Pendant un moment, j'ai d'ailleurs eu l'impression (dérangeante) qu'il n'y avait pas d'accès à cette sorte de crique, et surtout, par conséquent, pas de sortie. Et puis j'ai aperçu les premiers de la file, parvenus de l'autre côté, qui commençaient à escalader les rochers, dans lesquels on devinait des marches grossièrement taillées. Nous étions presque à bout de forces, le soleil nous broyait le crâne, et il allait falloir grimper là-haut pieds nus, comme sur le toit d'un immeuble de sept ou huit étages, jusqu'à ce qui ressemblait, vu d'en bas, à une petite clairière – peut-être un parking. Avec beaucoup d'arbres autour. Tout cela devenait trop sérieux. Je me demandais où nous allions.

Je veux de la viande !

Je respirais difficilement, je n'avais plus de salive – depuis quelques minutes, j'avais de la cendre ou de la fumée dans la bouche, âcre et piquante sur la langue et le palais, qui séchaient. Je creusais les joues pour presser, activer mes glandes salivaires, mais elles n'avaient plus grand-chose à donner pour humidifier cette cavité calcaire, que je devais laisser entrouverte. Pour Oum et Géo, plus petites bouches et plus petites glandes, ce devait être encore pire. Géo était au bord des larmes, comprenant moins que moi encore, certainement, ce qui se passait et ce qui allait pouvoir se passer ensuite, Oum était maintenant très pâle autour des yeux, ses lèvres commençaient à se crevasser, ses mains tremblaient, mais le visage et l'allure d'Ana Upla étaient des plus inquiétants : toute rouge, la bouche béante, le regard égaré, elle ralentissait, comme si ses jambes durcissaient peu à peu. Après toute une vie à sillonner le monde, à faire tourner les têtes dans les cocktails, à dormir dehors, à se construire en chemin et à maîtriser les déchirements, à s'allonger dans des palaces et à traverser des temples en ruines, la voir dans cet état, en bout de course sur une plage, traquée, faisait de la peine.

Sans que nous ayons pris conscience de l'évolution, l'esprit concentré sur le parcours, sur l'épreuve, nous découvrions que nous étions très mal en point, physiquement. La chaleur nous écrasait, nous n'avions pas d'eau.

La femme enceinte s'est arrêtée de marcher. Elle regardait derrière elle, devant elle, et n'avançait plus, à court de volonté, comme si elle espérait qu'une corde tombe du ciel ou qu'une trappe s'ouvre dans le sable. J'ai essayé de lui parler, mais elle était italienne et nous ne nous comprenions pas. Ana Upla s'est approchée, n'a pas eu la force de prononcer un mot et s'est contentée de la supplier du regard – un regard italien. Finalement, j'ai réussi à la faire repartir en la poussant légèrement dans le dos (avec une expression qui se voulait bienveillante et optimiste (on n'avait pas l'appareil photo, c'est dommage)), j'ai réussi à la faire repartir. À l'intérieur, elle communiquait avec son bébé – qui devait s'agiter dans tous les sens et hurler des encouragements muets.

Il n'y avait toujours pas de canadairs dans le ciel, ni d'hélicoptères, et pas un bruit de moteur au loin.

J'ai profité de ce tronçon d'accalmie pour constater les dégâts dans les sacs. Mon sac matelot avait à peu près bien résisté – j'ai repensé à toutes les fois, depuis vingt ans, où on m'avait parlé, dans les bars, les commerces, les soirées, les bureaux, dans tous les endroits que j'avais fréquentés insouciant, de ce sac que je ne quittais jamais, toutes les fois où j'avais répondu « Oui, c'est mon sac matelot », sans me douter qu'un jour de terreur (on ne se doute jamais qu'un jour de terreur viendra), il le serait vraiment, matelot, et dans l'épreuve justifierait dignement son nom, ou presque : mon portefeuille était mouillé mais ma carte de crédit et mes papiers ne paraissaient pas trop endommagés ; la petite montre de poche, magnifique et hors de prix, que m'avait offerte Oum à Noël avec l'argent qu'elle avait gagné en posant nue pendant un an aux Beaux-Arts, avait pris l'eau, le sel, et s'était arrêtée sur 12 h 40 ; les deux romans que nous étions en train de lire (*Eva*, pour moi, de James Hardley Chase, et pour Oum, titre désagréablement dissonant dans cette situation, *Retour à la vie* (évidemment, je n'invente rien), de David Goodis) étaient spongieux et gondolés, mais il suffirait de les faire sécher. Pour continuer à les lire.

(Plus tard, en les posant ouverts au soleil sur le rebord de la fenêtre de l'hôtel, je retrouverais la page où s'était arrêtée Oum, toute bleue et rose (le carton d'invitation à je ne sais quel cocktail parisien, qui lui servait alors de marque-page, avait déteint), la page 131 – « Après le travail il la reconduisit chez elle. Elle habitait près de Central Park et l'invita à monter. » La dernière page qu'elle avait lue, le matin sur la terrasse, quand tout était normal, paisible. « "Elle habitait près de Central Park et l'invita à…" Tiens, regarde cette fumée, Oum. »)

Le sac de toile avait moins bien rempli son rôle protecteur (n'est pas matelot qui veut) : les serviettes, le gros Pikachu et les trois marionnettes semblaient avoir séjourné deux semaines au fond d'une mare, et la cartouche Super Mario pour la DS était sans doute foutue, je n'avais aucune idée de la résistance de ces trucs-là à l'immersion en milieu liquide, mais ce n'était de toute façon pas bien grave (c'est amusant, bien sûr, ces jeux, mais sans être une vieille baderne réac, quand je me revois marmot devant l'écran noir et blanc, à jouer pendant des heures au tennis avec des bâtons blancs qui se renvoyaient une balle carrée, exactement aussi captivé et excité que Géo quand il faisait courir et bondir Mario en 3D en s'escrimant sur l'écran tactile, je me demande pourquoi les gars se sont donné tant de mal pour inventer ça et aboutir exactement au même résultat en termes de plaisir et de détente (en fait, ça n'émerveille que les adultes, qui ont vu l'évolution) – tu ferais mieux de penser à courir, vieille baderne, ou tu vas rôtir comme une dinde).

Nous étions à vingt pas exténués du début de l'escalade quand nous avons entendu des cris derrière nous. Dans ma main, Géo a sursauté et pivoté en même temps, comme s'il craignait une attaque de sauvages hurleurs qui auraient attendu ce moment pour nous sauter dessus. C'était presque ça. Des flammes immenses venaient d'apparaître en haut du promontoire vert, pauvre rempart. Le feu nous avait encore retrouvés.

De nombreuses personnes traînaient juste en dessous, certaines même n'étaient pas encore sorties de la mer, toutes se sont mises à courir, à tomber dans l'eau, dans le sable, à se relever hystériques et à courir. De loin (pas tant que ça), elles ressemblaient à de petites figurines vivantes qui s'agitent désespérément pour ne pas se faire massacrer mais n'échapperont pas à leur sort. Un film catastrophe. Une scène détachée de moi. Et de ma position de spectateur, la compassion me tordait le cœur. Je n'avais jamais éprouvé si intimement la réalité de mon appartenance à une espèce (menacée), je voyais là-bas, affolés à deux doigts de la mort, des « frères humains » (oui, c'est un peu cloche à exprimer – mais il me semblait réellement que c'était une partie de moi qui criait et se débattait à l'autre bout de la plage (on dit que les fourmis d'une colonie forment une seule entité ; quand les dernières de la file se font écraser par les grosses baskets d'un sale gosse, les autres le sentent peut-être)). Nous sommes tous ici à peu près dans la même tenue, dans le même état et la même situation : les petits êtres épouvantés qui trébuchent dans l'eau et qu'engloutit la fumée sont comme nous, sans doute une mère qui tient sa fille par la main, un homme qui a trop bu la veille, une femme qui s'est réveillée avant l'aube et n'a pas réussi à se rendormir, un couple qui jouait aux cartes en buvant son café, trois heures plus tôt.

Quelques secondes après l'apparition des flammes au-dessus de la plage, une vague brûlante a soufflé sur nous par-derrière. L'aura du feu. Je me suis revu approcher les mains de la cheminée et dix secondes plus tard les retirer vite, quand nous faisions du feu en hiver à Paris (pour faire plaisir à Géo, et nous donner en soirée du confort crépitant rustique – je m'asseyais à côté avec un whisky et une cigarette, mon chat Spouque se prélassait sur le parquet, je ronronnais sur mon fauteuil, à l'aise dans le cliché), j'ai repensé à tous ces petits feux domestiques qui nous réchauffaient et nous détendaient, modèles réduits inoffensifs du monstre qui nous attendait, que nous avions tant de fois pris plaisir à contempler sans bien sûr nous douter de ce qu'un jour le bois qui brûle représenterait pour nous. (C'est un peu la même chose que lorsqu'on a travaillé dans une rue, ou rendu souvent visite à un ami dans un quartier, lorsqu'on est passé souvent devant un immeuble et que dix ans plus tard on y habite, au troisième étage : l'élastique du temps lâche, on se revoit marcher plus jeune sous ces fenêtres, inconscient, et on se demande comment on pouvait ne pas savoir qu'on vivrait là un jour, transformé, dans ces lieux devenus familiers, dans l'avenir.) J'ai repensé à toutes les fois, en été, où j'avais regardé à la télé des reportages sur de grands incendies en Grèce ou en Provence, les maisons brûlées, les forêts détruites, les gens qui s'enfuyaient, où je m'étais vaguement dit que ce devait être effrayant, désolant, où j'avais hoché la tête avant de changer de chaîne. J'ai bizarrement du mal à admettre qu'on ne puisse pas être conscient du futur, comme du passé. Il m'arrive de fixer un arbre dans ma rue, mon ordinateur ou un toit par la fenêtre, en pensant que c'est peut-être la dernière chose que je verrais avant de mourir, et que je ne le sais pas encore. J'essaie de deviner, on ne peut rien faire d'autre.

Un regroupement s'était formé au pied de l'escalier rudimentaire qui avait été creusé dans la roche, car une seule personne à la fois pouvait s'y engager, et la pente raide rendait très lent l'écoulement vers le haut. Ici, le vent furieux qui nous avait poussés jusqu'alors tourbillonnait – et les touristes affaiblis semblaient s'élever sous l'effet de la chaleur. L'attente en bas était plus que pénible. Les flammes enragées s'attaquaient déjà aux pins qui bordaient la petite plage, approchaient de nous. La température devenait insupportable. Il fallait le supporter. On ne transpirait même plus. Géo me broyait les doigts, Oum avait le regard fixe et des traces blanches de chaque côté de la bouche, Ana Upla levait les yeux vers le sommet de la presque falaise et voyait des fantômes ou des ombres fatales, elle avait changé, elle n'allait pas tarder à lâcher prise.

– Je n'y arriverai pas.

– On va y arriver, papa ?

– Oui, on va y arriver.

Il fallait attendre tandis que le feu avançait, comme les autres, nous ne pouvions pas bousculer tout le monde, nous ruer vers les marches de pierre en donnant des coups de poing et des coups de pied de tous les côtés pour écarter les gêneurs. Un couloir s'est formé comme instinctivement (la colonie de fourmis s'organise) pour laisser passer la femme enceinte, qui avait retrouvé la volonté de vivre, ainsi que le couple pâté de poule, dont le bébé hurlait, rouge comme un homard dans l'eau bouillante, et un homme aux cheveux blancs qui se déplaçait laborieusement (j'ai tourné la tête sur 360° à la manière d'un périscope mais je n'ai pas vu la vieille femme en noir, qui ne faisait désormais plus partie des vulnérables à sauver). Il m'aurait paru naturel que nous nous engouffrions derrière eux, tous les quatre, dans le couloir d'urgence, que nous suivions le mouvement des prioritaires, mais sous quel motif ? « Nous sommes gentils et nous avons peur » ?

Il fallait attendre, mais il fallait aussi arriver en haut avant le feu, notre adversaire. Intérieurement (loin donc des yeux de Géo, une bonne chose), je piaffais comme un mustang. Pourquoi ceux qui montaient n'accéléraient-ils pas ? (Pourquoi les vieux unijambistes grippés ne dansent-ils pas la java ?) Je le savais bien, mais tout de même, on ne pouvait pas, ils ne pouvaient pas, cette masse devant nous qui devenait une entité nébuleuse et hostile ne pouvait pas ainsi, non, nous empêcher d'accéder à la rampe de lancement vers une nouvelle zone de sécurité provisoire. Cette sensation d'être bloqué à quelques pas de la chance était un peu la même que des années plus tôt devant les boîtes de nuit parisiennes (en plus tendu). La femme enceinte, le couple poule et le senior bancal étaient alors Étienne Daho, deux filles presque nues et un illuminé à lunettes vert pomme, dans le couloir spécial V.I.P., et tous les autres restaient englués dans l'impuissance, moi et les autres, l'impossibilité d'avancer malgré le désir. (Le besoin, ici, la nécessité de vivre.)

(Le pire souvenir dans ce registre, c'est le soir où je me suis fait refouler de l'Hippopotamus. Un échec qui restera encadré sur le mur de mes grandes humiliations douloureuses. Il devait être trois ou quatre heures du matin, je sortais de je ne sais quel bar ou soirée d'ennui pitoyable (ces soirées dont on se dit : « C'est ça ou rester seul devant la télé, ce qui serait trop glauque », mais qu'on passe à se demander ce qui a bien pu nous pousser à traverser Paris pour venir boire pendant quatre heures du mauvais vin avec des gens sinistres – il me manque une case, c'est pas possible), j'avais faim et ne voulais pas rentrer directement chez moi me faire une casserole de pâtes en regardant la rediffusion nocturne des Z'amours, la faculté de résistance à la dépression nerveuse n'est pas illimitée, je voulais au moins finir la nuit dans un restaurant (seul, les yeux dans le vague).

Si je n'étais pas ivre mort (je le savais, car je ne marchais peut-être pas droit sur le trottoir (c'est dur à vérifier quand on a un coup dans l'aile, tout étant relatif et la notion de ligne droite se modifiant à notre insu dans le cerveau), mais au moins je ne rebondissais pas contre les murs des immeubles), je trimbalais quand même ce qu'il fallait d'alcool dans le sang pour avoir probablement perdu cette étincelle dans le regard qui est la marque des personnes tranquilles et saines, celles qui ne vont pas nous causer de problème. Je ne voulais donc pas m'insinuer dans des endroits trop chic ou intimes, comme la Cloche d'Or ou autres restaurants de théâtre : il me fallait un lieu impersonnel et plutôt bas de gamme, où serveurs et clients seraient peu regardants. L'Hippopotamus de la place Clichy me paraissait idéal : c'est, notamment la nuit, l'un des Hippopotamus les moins reluisants de Paris – ce qui pose son Hippopotamus. J'y avais déjà dîné quelquefois dans des circonstances semblables, refusant de rentrer tout de suite, quand amour-propre et cafard se battent en duel avant l'aube. Jusqu'à cinq heures du matin, dans une lumière trop vive, la grande salle était parsemée de jeunes demeurés rigolards qui achevaient dans le luxe leur première cuite, de macs en retraite, de couples albumineux, de tueurs africains et d'épaves neurasthéniques qui pesaient, sur la balance du désespoir noctambule, en fixant les frites froides qu'elles avaient laissées dans l'assiette, les mérites respectifs de la pendaison et de la défenestration. Entre eux, en uniformes rouge et noir et tachés, circulaient mollement des serveuses acariâtres à l'hygiène douteuse, comme des morpions sur le pubis clairsemé d'une vieille pute ; et parfois, du côté de la cuisine, on voyait apparaître la tête sournoise d'un intérimaire mal rasé, dont on devinait au teint cireux l'odeur de sueur. Mais j'aimais bien le tartare de tomates au thon et l'onglet sauce roquefort. J'allais me faire un bon tartare de tomates au thon et un onglet sauce roquefort, avec une demie de bordeaux, sans regarder le cul triste des serveuses ni tourner la tête vers la cuisine. Ensuite, je rentrerais à la maison, rassasié, bonhomme, je me taperais un bon truc sur la pêche en rivière avant d'aller me coucher, et on tirerait un trait sur cette soirée consternante.

Vingt mètres avant la porte, je me suis arrêté sur le trottoir pour respirer profondément, détendre mes joues crispées par un rictus (une sorte de sourire tétanique) qui me serrait les mâchoires depuis je ne sais combien de temps mais dont je venais seulement de prendre conscience, et j'ai cligné cinq ou six fois des yeux dans l'espoir d'y faire apparaître une étincelle, histoire de montrer à ces tueurs neurasthéniques que peut parfois surgir, au cœur de la nuit, un client à l'élégance tranquille et saine.

L'entrée de l'Hippopotamus borgne était gardée par un colosse qui ne l'était pas, une brute subsaharienne de plusieurs mètres de haut, au crâne chauve et luisant. Engoncé dans un costume de basse qualité censé figurer la loi rigide et incontournable (c'est même pas la peine de discuter), seul et crevant d'ennui, il allait pour une fois pouvoir physionomer sur des roulettes et laisser entrer une personne de qualité, avec simplicité et reconnaissance (car lorsque l'ennui n'est brisé que par le souci, ça ne vaut pas le coup). Tandis que j'approchais, l'étincelle à l'œil, il m'observait en coin, probablement pour ne pas m'effrayer en braquant sur moi des prunelles glacées par trop d'affrontements nocturnes et muets en tête à tête. Je l'avais déjà vu à ce poste deux semaines plus tôt, mais il ne me reconnaissait certainement pas, car je suis un homme discret, qui passe en coup de vent, en brise, vers son onglet. Derrière lui, j'apercevais la salle presque déserte – la vieille pute est bien déplumée – où ne s'alimentaient péniblement qu'une poignée d'échoués cuits (le colosse devait rêver d'un établissement dont il pourrait avoir le plaisir d'interdire l'accès aux poivrots, mais là, non). J'ai souri, les joues bien souples, et claironné :

– Bonsoir !

– Bonsoir…

Curieusement, il y avait une sorte d'interrogation dans sa voix, comme s'il s'était retenu d'ajouter : « Qu'est-ce qui vous prend ? Qu'est-ce que vous voulez ? » Il ne s'est pas écarté immédiatement, ce qui m'a mis dans une situation délicate : je ne pouvais bien entendu pas le pousser, j'ai du danger une notion assez précise, je ne pouvais pas non plus répéter mon « Bonsoir ! », au risque de passer pour un attardé qui dit tout en double (et de prendre une baffe), je ne pouvais pas non plus me mettre à lui parler de la pleine lune ou du tremblement de terre en Chine, ce serait ridicule (« Excusez-moi de vous importuner, mais pensez-vous que Laurent Jalabert a une chance, dans le tour de France ? ») – je ne pouvais pas faire grand-chose d'autre que d'attendre qu'il s'écarte, en espérant que ce ne serait pas trop long. Comme le face-à-face se prolongeait, et ne tournait pas à mon avantage, j'ai repris l'initiative :

– Je peux encore manger ?

Je n'avais adroitement glissé ce « encore » dans ma question que par finesse tactique : je savais bien qu'on pouvait encore manger, la maison ne fermant ses portes que dans deux heures, mais « Je peux manger ? » aurait fait trop de peine à entendre, et m'aurait placé d'emblée en position de faible à achever.

– Nous sommes fermés, monsieur.

Je n'aimais pas cette phrase. C'est celle qu'on oppose aux clochards quand ils se présentent dans l'embrasure de la porte d'un bar, à quatre heures de l'après-midi – et de façon fort triste, ils font comme s'ils y croyaient, ils se composent une mimique ennuyée, écartent légèrement les bras en balayant du regard les treize clients présents à l'intérieur, et s'en vont avec un petit hochement de tête qui signifie : « Faudra que je pense à venir un peu plus tôt, la prochaine fois. » Mais je ne saisissais pas bien le rapport entre un clochard et moi. J'ai laissé se décontracter ma mâchoire inférieure, tout doux, cligné deux fois des yeux (il est à cinquante centimètres de l'étincelle et il ne la voit pas – eh, achète-toi des lunettes !), j'ai mis mes deux hanches à niveau (je venais de m'apercevoir que, par inadvertance, je faisais porter tout le poids de mon corps sur la jambe droite, ce qui me conférait sans doute un genre de grâce nonchalante mais prêtait peut-être à confusion quant à mon aptitude à l'équilibre) et j'ai placé ma banderille :

– Vous fermez qu'à cinq heures du matin, c'est marqué là-haut.

– Mais nous sommes complets, monsieur.

Avant de répondre : « Et mon cul, c'est du poulet ? », ce qui n'aurait pas convenu à une personne de qualité pas poivrot, j'ai rapidement analysé la situation : ce type essayait de m'évincer d'un « restaurant » (je me comprends) où venaient sombrer dans l'huile rance tous les parias de la capitale.

– Vous êtes complets ?

– Oui.

Et mon cul, c'est du poulet ? Il restait assez de tables libres derrière les vitres pour accueillir toute l'armée chinoise. Je n'étais quand même pas en train de me faire évincer d'un hangar où venaient sombrer dans l'huile rance tous les parias de la capitale ? (Qui sait ?) Je me disais qu'il me manquait sans doute un élément pour analyser cette situation apparemment grotesque, il me suffisait de réfléchir plus posément et tout allait s'éclaircir et se dénouer, quand trois personnes sont arrivées derrière moi et m'ont contourné avec égards. L'aliéné chauve qui gardait la porte les a rapidement scannés de haut en bas :

– Bonsoir, allez-y.

J'entrevoyais une explication. Certaines nuits, en secret, l'Hippopotamus se transformait en club échangiste ultraselect pour hauts fonctionnaires luxembourgeois et membres éminents des Nations unies – une couverture idéale. Ces soirs-là, on pouvait faire une croix sur tomates au thon et onglets aux échalotes.

– Vous me dites que c'est complet et vous laissez entrer trois personnes.

– Ces personnes avaient réservé, monsieur.

Ne te moque pas de moi. Ne te moque pas de moi, s'il te plaît, cerbère discount. Tu connais la tête de toutes les personnes qui ont réservé ? Arrête, maintenant, laisse-moi passer, il n'y a quasiment pas un chat à l'intérieur, vous allez droit à la faillite, tu vas te retrouver sans boulot, ta femme va menacer de te quitter et tu vas devoir chercher une place du côté des pharmacies de banlieue, c'est encore plus déprimant qu'ici (je t'assure), tu ne peux pas refuser les gens comme ça – surtout des gens tranquilles et sains, propres et loyaux, à peine grisés par un petit verre de porto. Je ne demande pas grand-chose, je veux juste un onglet, je veux de la viande, je resterai sagement assis sans rien dire ni faire, penché sur mon assiette de misère, tout enrubanné de mélancolie. JE VEUX DE LA VIANDE !

– Écoutez, les trois quarts des tables sont libres…

– Elles sont réservées.

Je sentais mes jambes céder. Je ne peux plus me voiler la face, j'ai épuisé toutes les hypothèses une à une (cent personnes ne réservent pas à l'Hippopotamus de la place Clichy pour quatre heures du matin, ou alors les Martiens sont dans Paris, le monde tourne à l'envers et ma mère s'appelle Bruce ou Flash), je suis bel et bien en train d'échouer dans ma tentative d'entrer à l'Hippopotamus de la place Clichy – et demain quoi ? on va me refuser une baguette à la boulangerie ? m'interdire de faire la queue à la Poste (« N'insistez pas, monsieur ») ? Le pire, c'est que je savais bien que je n'étais pas au fond du gouffre éthylique. La preuve : j'ai failli dire à ce butor que j'étais journaliste (je travaillais dans un journal pour fillettes, à l'époque), que j'allais faire un ramdam de tous les diables et qu'il allait amèrement regretter de s'être amusé à ça avec moi (sur le moment, il me paraissait réellement légitime d'entreprendre ce genre d'action punitive, et de l'en avertir tout de même avant, par honnêteté – et surtout par habileté stratégique (« Bon allez, d'accord, entrez, excusez-moi… »)), mais je me suis retenu in extremis. J'avais donc encore toute ma raison.

J'ai pivoté lentement sur moi-même, faible et creux comme un condamné à mort, de l'angoisse carbonique dans tout le corps, et je me suis éloigné d'un pas de zombie vaincu sur le trottoir désert, laissant pour toujours derrière moi le paradis inaccessible de la viande et des échalotes. S'il existait un magazine consacré aux losers, je serais en couverture. (*Voltaire : « L'Hippo m'a dit non ! »*) Heureusement, j'ai trouvé un grec du côté d'Anvers (le seul encore ouvert à cette heure-là, car le bon sens en alerte des passants sobres de la journée l'empêchait de faire son chiffre d'affaires avant la nuit) et, une semaine plus tard, j'avais un ver solitaire pour compagnon.)

Nous avons enfin pu atteindre à notre tour le bas de l'escalier de fortune creusé dans la roche, et entamer l'ascension. Rien à voir avec l'onglet aux échalotes. Oum était passée devant, Ana Upla derrière elle, puis Géo et moi (je devais le tirer par le bras pour le hisser sur chaque marche, tant elles étaient hautes et lui petit). Des cendres volaient jusqu'à nous. Dans cette chaleur volcanique, cette lumière sanguine, cette odeur de braises, tout commençait à devenir irréel. La file indienne grimpait sans bruit, sans un mot, l'état de conscience général avait été modifié. Nous dérivions, nous n'avions plus de corps, presque fantômes : nous montions dans la peur, sans fatigue. Les sacs que je portais, gorgés d'eau, ne me gênaient pas. Je ne sais pas où nous trouvions cette force, en plein soleil depuis longtemps. Les muscles ne comptaient plus. Les visages étaient enflammés et décomposés, mais personne ne pensait au sien. Le groupe devait simplement continuer à avancer, chassé par le feu comme un aimant par un autre à l'envers. Nous ne savions pas où nous allions. Juste sortir du piège de la plage, continuer vers le haut, plus loin. Les genoux se levaient mécaniquement, personne ne faiblissait. Sauf Ana Upla, dont l'esprit lâchait (elle marquait un léger temps d'arrêt sur chaque marche, comme si elle clignotait et oubliait sans cesse qu'il fallait monter, déchargée, vidée de sa volonté) et la femme qui se trouvait devant Oum – petite molle, elle s'est arrêtée à mi-parcours et s'est mise à fixer les flammes géantes qui dansaient en dévorant les arbres, apparemment tétanisée par cette puissance barbare, cette scène apocalyptique dans laquelle, bientôt, nous allions nous fondre. Mais vue de dos, aux yeux de ceux qu'elle bloquait et qui attendaient en surchauffe qu'elle se décide à repartir, elle ressemblait à une randonneuse qui a trouvé au bord du sentier l'aire à panorama dont on lui avait parlé, et profite de ce spectacle rare en esthète du tourisme (dommage qu'ils n'aient pas installé l'une de ces petites longues-vues où l'on met une pièce de cinquante centimes, ces Italiens sont des jean-foutre – et j'ai même pas pris l'appareil, gourde que je suis).

– Madame ?

Oum s'était décalée d'un pas pour essayer d'accrocher son regard.

– Signora ? Prego… Per favore…

En vocabulaire, elle me dominait de toute une classe. Inclinant un peu plus la tête, elle a tapoté l'épaule de la pétrifiée, qui n'a pas bougé (c'est Bertrand qui était censé prendre l'appareil, de toute façon, je ne peux pas non plus m'occuper de tout). Oum a tapoté de nouveau – dernier avertissement, à mon avis :

– Madame…

N'obtenant toujours pas de réaction, elle – je connais bien ma femme – l'a poussée violemment dans le dos à deux mains :

– Avance, putain !

La touriste est sortie de sa torpeur, bien obligée, et sans même se retourner pour voir qui lui avait percuté les omoplates au bélier, elle a repris son chemin de croix vers le sommet, gourde hypnotisée. Cette petite décharge nerveuse avait probablement fait du bien à Oum, elle se retrouvait, elle serait maintenant plus à même de réagir, quoi qu'il arrive. Elle l'a suivie en secouant la tête :

– Connasse…

(Je savais exactement ce qu'elle était en train de penser. Nous en parlions souvent, à Paris, partout. Quelles que soient les raisons qui avaient conduit cette femme à se planter là (peur, fascination, étourderie), elle se voyait seule au monde : je retarde tous les autres mais ce n'est pas important, ils ne comptent pas, c'est mon monde – comme devant cinq personnes à la caisse de la boulangerie

(« Et vous ne savez pas ce qu'a dit ma nièce, quand elle a appris qu'elle avait un cancer de l'utérus ? ») ou au distributeur de billets (je vais bien ranger mes petits billets dans mon portefeuille, bien pliés, je vais bien le refermer, et s'il y en a un qui n'est pas content derrière, qu'il aille se faire voir, j'ai fait la queue moi aussi, j'ai le droit de prendre mon temps, je m'en fous, j'ai le droit, toute manière on n'est pas pressés, que je sache), mais en plus exaspérant ici, à cause de la perspective de combustion. Je savais exactement ce qu'Oum était en train de penser, ça me donnait de l'amour dans la montée.)

Nous étions presque arrivés en haut quand Géo, qui n'avait pas bronché depuis les premières marches, s'appliquant à lever le genou le plus haut possible, jusqu'au menton, pour ne pas être un poids, pour fuir comme un adulte, a serré inconsciemment ma main (sans glapir) : il venait de tourner la tête vers la plage, en bas, puis vers le paysage en feu, autour et au-delà. Je l'ai imité. D'ici, on surplombait tout, et tout n'était qu'un immense embrasement. Non seulement le long de la côte mais à l'intérieur des terres, sur les collines, des kilomètres de flammes fauves et de fumée noire, partout derrière nous. On ne distinguait plus rien de la zone où s'était trouvée la résidence, ni du camping, ni de la première plage, la grande, tout avait disparu dans les flammes et la fumée noire, comme la moitié de la crique que nous venions de quitter, couverte déjà de fumée noire, la mer aussi, vers le large, la belle villa blanche était en flammes, et le vent soufflait dans tous les sens en cyclone, poussait la fumée vers les plages et la mer mais lançait aussi les grandes flammes vives vers l'intérieur des terres : elles prenaient de l'avance par là-bas comme pour nous contourner, nous encercler. Je suis resté quelques secondes horrifié (gourde hypnotisée, je dois reconnaître – mais on ne peut pas m'en vouloir), prenant véritablement conscience de la monstruosité de l'ennemi qui se déployait : des kilomètres de feu féroce contre nous, toute une région enflammée qui se dressait contre nous, petites personnes. (Je me demandais combien de petites personnes à la traîne avaient déjà été tuées là-bas, étaient restées au-delà de la frontière de feu qui avançait, et noircissaient maintenant dans le brasier – je ne savais pas, peut-être pas une, peut-être dix ou cinquante. La vieille en noir, sûrement, recroquevillée et grésillante. D'autres. Où était Tanja ?) La horde brûlante progressait en ligne incurvée pour couper une fuite éventuelle par la forêt, nous cerner et nous rabattre, nous coincer au bord de la mer, nous étouffer. Mais il y avait peut-être une issue juste là, deux mètres plus haut : s'il s'agissait effectivement d'un parking (il en fallait bien un, on ne parcourt pas des kilomètres à pied sur un chemin de terre avec glacière et parasol pour aller jouer à la balle dans une crique – si ?), une route y menait, des voitures y stationnaient – tout ce qu'il faut pour se sauver. C'était, sans mélo, notre dernière chance.

– Papa ?

Ana Upla s'était arrêtée sur la dernière marche, Oum avait avancé de quelques pas et examinait le nouveau palier que nous venions d'atteindre. C'était un petit parking rond, sommairement aménagé au bout de la route. Il y avait une route, donc. Et des voitures garées. Mais il n'en restait que trois ou quatre. Les autres avaient dû partir en trombe – délivrance. Or nous étions quatre cents ici, peut-être plus. Il allait falloir se battre (et laisser trois cent quatre-vingts adversaires au tapis, c'était pas fait) ou marcher. Marcher. La route heureusement partait en ligne droite dans la direction opposée à l'incendie : j'ai senti ma cage thoracique se détendre et tous mes organes s'alléger.

Deux secondes.

La route s'enfonce dans la forêt. Peut-être qu'un kilomètre plus loin, elle débouche sur la nationale, où n'importe quel véhicule nous prendra à son bord et nous emmènera n'importe où loin de ces mâchoires qui sont en train de se refermer sur nous, peut-être qu'en courant nous pourrons franchir ce kilomètre avant que le vent ne jette les flammes sur nous – ce sera une course palpitante (cent dollars sur la famille – tenu). Mais peut-être que la route s'enfonce dans la forêt sur quatre ou six kilomètres, et quand nous nous en rendrons compte, il sera trop tard pour faire demi-tour, le feu sera déjà là, juste derrière nous. Peut-être que nous continuerons à courir, pour gagner trois minutes de vie (haletante), ou peut-être que nous nous arrêterons, Géo, Oum et moi.

Oum fixait la route et ne bougeait pas, du coin de l'œil je devinais le visage de Géo levé vers moi. Sur le parking, où tous les grimpeurs en tongs venaient échouer, régnait une ambiance particulière de flottement affolé. Personne ne savait quoi faire, mais tout le monde savait qu'il fallait faire quelque chose. Je transpirais de nouveau. L'avant-garde de la fumée s'insinuait entre nous, il devenait difficile de respirer. Géo s'est mis à tousser. Certains se prenaient la tête à deux mains, d'autres tournaient littéralement en rond, un jeune homme chauve aux bras tatoués essayait d'ouvrir toutes les portières des voitures. Deux familles se sont engagées sur la route, incertaines et craintives, pendant que de petits groupes contournaient un rocher et se dirigeaient vers un chemin de pierres que je n'avais pas remarqué, comme pour redescendre vers la mer du côté opposé à celui que nous venions de gravir. Oum les a suivis, je l'ai suivie, entraînant Géo qui pleurait. À la montre clinquante d'un petit homme au bord des larmes, il était 14 h 02.

Arrivés sur le chemin, qui menait à un long escalier, régulier et bétonné celui-là, nous avons découvert une grande plage, en bas, qui s'étendait sur quatre ou cinq cents mètres. Au pied de l'escalier se trouvait un autre parking, plus vaste que celui du haut, d'où partait une petite route. Qui disparaissait elle aussi dans la forêt et rejoignait probablement l'autre sur les hauteurs. À ce qu'on pouvait en voir d'ici, c'était le seul moyen d'accès à la plage – qui, comme les deux précédentes, était bordée d'arbres sur toute sa longueur, et fermée au fond par une avancée verte dans la mer, assez poussée pour qu'on ne puisse la contourner qu'à la nage et à vingt ans pile. De toute façon, même si on est parfois encore un peu cloche à vingt ans, essayer ne servirait à rien : du point élevé où nous nous trouvions, on voyait ce qui s'étendait au-delà : pas une autre plage à l'horizon, que de la forêt, de la forêt, de la forêt.

Pour résumer la situation (ça fait du bien, dans ces moments difficiles de danger extrême où l'esprit s'emballe), si nous descendions sur cette plage, il n'y aurait plus aucun moyen d'en sortir (ah, ça fait du bien). Nous avions donc le choix, ce qui n'est pas négligeable (dans ces moments difficiles où la mort fond sur vous), entre nous engager sur une route dont nous ne verrions probablement jamais la fin et nous enfermer dans un cul-de-sac en attendant que la fumée vienne, inéluctablement, nous tuer. Pas de quoi rigoler.

Seule l'arrivée des secours sur la plage pourrait changer quelque chose à cette alternative peu enthousiasmante, dégager l'une des deux voies. Mais il n'y avait toujours aucun avion ni hélicoptère dans le ciel, et aucun bateau sur la mer. Nous étions seuls au milieu du drame.

Sur le sable, des centaines de personnes debout levaient la tête vers nous, les menacés, petites silhouettes haut perchées sur fond noir. Elles apercevaient peut-être un peu des flammes derrière nous. Elles devaient se poser beaucoup de questions, ou compatir.

Il fallait se décider très vite, maintenant. Choisir entre l'ouverture, la fuite vers notre perte, et la captivité, l'impuissance, asphyxiez-moi là. Je me sentais tiré des deux côtés à la fois, je divaguais, me disloquais, je n'arrivais plus à raisonner. Oum me regardait, elle attendait manifestement que ce soit moi qui prenne une décision. Comme je respirais de plus en plus difficilement, et que je faisais un pas vers la route avant d'en faire un aussitôt vers l'escalier, puis un vers la route, un truc a lâché en elle et elle a crié :

– QU'EST-CE QU'ON FAIT, VOLTAIRE ?

(Malgré le côté indéniablement inquiétant de l'instant, je n'ai pas pu m'empêcher de sourire (mais pas en surface, je ne suis pas assez demeuré ni surtout flamboyant pour me mettre à sourire à la Sean Connery, Tony Curtis et autres étincelants quand le piège du feu se referme sur moi), tant cette phrase hurlée détonnait. Cela dit, Voltaire aurait su quoi faire, lui, tu penses. Qu'aurais-tu décidé, toi, Voltaire, avec ta perruque ? Esprit fin et lumineux, aurais-tu jeté tes brodequins peu pratiques et couru comme un dératé sur la route, plus rapide que les flammes ? Ou bien serais-tu allé attendre sur la plage que des hélicoptères arrivent ? (Ce sont des sortes de coches métalliques qui se déplacent dans les airs grâce à une grande hélice – tu es un génie, fais un effort d'imagination.) Conseille-moi, mon maître. (Pas de réponse, rien.))

Personne n'allait m'aider, ni Voltaire l'ancien ni Tony Connery, pas une lumière ne descendrait du ciel pour m'éclairer et me guider, je devais faire un choix absolument seul (misère) – comme au poker, quand l'un des joueurs mise un gros paquet de jetons et qu'il faut savoir assez rapidement, seul, si l'on passe ou si l'on suit. Mais là, d'une part le bluff était impossible (les fléaux naturels, n'ayant pas d'âme, ne se laissent pas berner), de l'autre il n'était pas question de perdre ou de gagner cent euros, ni même cent mille, de la décision dépendraient la vie ou la mort – la vie ou la mort de mon fils, par exemple.

Il n'y avait que deux voies possibles.

Je ne disposais d'aucun élément concret pour en préférer l'une à l'autre.

Je devais donner ma réponse dans les quinze secondes.

Il était interdit de se tromper.

Je me rendais soudain compte que la tragédie nous était tombée dessus pour de bon, et que je me trouvais à ce carrefour funeste pour la première fois de mon existence (et, si je me trompais, la dernière – c'est l'avantage). Pile ou face ? Non, je dois réfléchir, faire preuve d'intelligence – je suis un être humain, il faut bien que ça serve à quelque chose. Mais comment réfléchir ? Que fournir à l'intelligence ? À quoi sert d'être un humain contre le feu ? Pile ou face.

– On est sauvés, papa ?
– Pas encore, mais bientôt. N'aie pas peur.

Si je lui avais dit qu'un puma qui court vers vous en rugissant ne présente pas de danger particulier et qu'on peut continuer tranquillement son sandwich, je ne me serais pas senti plus hypocrite et désespéré.

La mort de la crevette du Sénégal

J'ai décidé que nous descendrions vers la plage, peut-être simplement parce que je préférais mourir asphyxié dans l'eau que brûlé vif dans une forêt (cette scène m'apparaissait trop clairement : nous courons sur une route dont nous ne voyons pas le bout, les flammes nous rattrapent, nous courons plus vite en criant et en pleurant, mais elles nous prennent l'un après l'autre – ensemble, plutôt, car évidemment nous ne laissons pas Géo se faire griller le premier, seul (« Plus vite, Oum, elles ont déjà eu le petit ! »)).

– On descend.

Oum n'attendait que ça et s'est engagée sur le chemin, probablement soulagée (et reconnaissante, brave gamine) de n'avoir qu'à se laisser diriger. J'ai ressenti une caresse furtive de fierté – j'ai fait mon boulot. (Où va se nicher la vanité mâle…) Avant que nous ayons tout à fait quitté le parking, un bruit violent de verre explosé nous a stoppés : le tatoué chauve qui tournait autour des voitures venait de lancer une pierre (je suppose) dans la vitre d'une petite Fiat rouge. Il a ouvert la portière

102

et plongé sous le volant, certainement pour arracher et connecter les fils (je crois que je n'aurais jamais l'occasion d'essayer ça, mais j'aimerais bien, on doit se sentir gangster désinvolte, la caméra sur soi – et fuck them all). Ce devait être un voyou, à la ville, un petit braqueur de quartier (on y pense pas, mais ils ont bien le droit d'aller se baigner de temps en temps). C'est parfois très utile, comme formation, ça donne un net avantage sur les autres quand il s'agit de foutre le camp de ce traquenard. Sous les yeux incrédules des indécis (pas un touriste tremblant ne s'est risqué à monter à côté de lui, les voyous ont leurs propres codes et des réactions imprévisibles – « Vire-moi ton bermuda d'ici, papa, ou je te saigne comme un mouton »), il a démarré en quelques secondes, tout le monde ayant conscience qu'il était en train de condamner à mort une gentille petite famille encore dans la montée (« Va doucement, mémé, on a le temps »), et s'est fait la belle en trombe – en trombe de Fiat, tout est relatif. Fuck them all, sourire édenté.

(Deux jours plus tard, dans *La Gazzetta del mezzogiorno*, je lirais trois lignes sur le cadavre anonyme retrouvé calciné dans la carcasse d'une Fiat. Ses amis truands de supérette, à Naples, se demandent où il est passé.)

Nous nous sommes précipités dans l'escalier, il ne fallait plus traîner maintenant (cela dit, nous n'avions pas joué à la marelle, jusqu'à présent) ; la plupart des gens suivaient la même voie que nous, car le vent malveillant s'était braqué pile dans notre direction, la fumée âcre nous embrassait comme on prépare un poulet, et les hautes flammes de tête, les plus vives et les plus excitées, n'étaient plus qu'à une portée de flèche (je dis ça (plutôt qu'un jet de pierre ou un lancer de concombre, pourtant plus classiques) pour m'imaginer en Indien, qui connaît parfaitement la nature et file comme l'éclair dans les bois et sur les rochers – Lapin Souple). Il était déjà devenu hors de question, ça facilite les choses, de tenter la route forestière par laquelle s'était enfui le chauve calciné.

Sur ces marches plus larges, nous pouvions doubler, et nous ne nous sommes pas gênés (Géo était un excellent descendeur d'escaliers pour son âge, rapide et adroit – il me faisait toujours peur dans le métro, je le voyais trébucher, rouler jusqu'en bas en rebondissant tel un pantin et se fracasser le crâne sur le béton (mais ce n'est jamais arrivé – comme quoi, on se trompe)) : nous avons doublé la femme enceinte, sans problème de conscience puisqu'elle arriverait de toute façon sur la plage à temps, un couple de retraités qui se tenaient par la main, toutes rides figées, un jeune homme avec un enfant de trois ou quatre ans qui pleurait à s'ouvrir la gorge – Lapin Souple et les siens ne faisaient pas dans le détail. (Oum descendait comme elle courait, en levant haut les genoux, le dos parfaitement droit, les bras écartés du corps (elle ne savait pas faire autrement) : on aurait dit une gazelle sur ses pattes arrière – les gens que nous dépassions pensaient sûrement qu'elle faisait le clown, impressionnés par une telle décontraction dans ces circonstances

(« La la la, c'est pas l'imminence de l'incinération qui va m'enlever ma bonne humeur »).)

Nous étions de retour sur le sable, en bas. Il y avait quatre ou cinq cents personnes ici, peut-être plus, dispersées sur toute la longueur de la plage. (Je ne le savais pas encore, mais cette plage s'appelait la plage de Manaccora – la baia di Manaccora, un beau nom, clair et léger. Je ne tarderais pas à l'apprendre, et ne l'oublierais pas : dès le lendemain, Manaccora, ce nom noir enfumé, s'étalerait dans tous les journaux, résonnerait tragique sur toutes les chaînes de télé du pays, et toujours un an plus tard, quand Berlusconi annoncerait avec tambours et trompettes sa visite-hommage le 24 juillet, on parlerait partout dans la presse de « L'enfer de Manaccora », *L'Inferno di Manaccora*. Mais pour l'instant, pour nous, c'était encore une issue de secours.) À l'autre extrémité, entre les arbres, on apercevait ce qui semblait être un village de vacances, une vingtaine de petites maisons blanches, cubiques. Mais apparemment, la seule voie qui en partait longeait la lisière de la forêt pour aboutir au grand parking près duquel nous nous trouvions à présent. Beaucoup de voitures étaient encore garées là, mais le feu avait pris une telle avance dans les terres qu'on voyait déjà d'ici les flammes, à un kilomètre environ vers l'intérieur, et qu'il était évident pour leurs propriétaires que se risquer à partir maintenant relèverait de la tentative de suicide – réussie, sûr. Tous ceux qui venaient après nous se précipitaient dans l'escalier que nous venions d'emprunter, nombreux, dévalant, se bousculant. À les voir, on devinait que le danger s'était brusquement rapproché, là-haut, attisé par des rafales de vent que nous sentions moins ici.

La seule chose à faire était de partir sans traîner vers l'autre bout de la plage, et de… D'aller là-bas. Et d'y attendre les hélicoptères. À Manaccora. Qui allaient venir. Cent cinquante hélicoptères, qui lâcheraient des filins avec des harnais au bout. Musique : Wagner. Garanti.

Nous nous sommes remis en marche sans dire un mot, Oum tournait la tête de tous les côtés, Géo pleurait toujours mais calmement, les yeux droit devant lui, se disant (à mon avis) que ses parents savaient mieux que lui ce qu'il convenait de faire, qu'il devait leur faire confiance, qu'il y avait une astuce, une issue quelque part, une solution que lui, petit garçon, ne pouvait pas entrevoir, mais qu'il ne fallait pas qu'il doute de nous. Ils vont me sortir de là.

Soudain, la même pensée cinglante a surgi en même temps dans l'esprit d'Oum et dans le mien : à l'instant où elle s'est retournée vers moi, les prunelles nucléaires, j'étais en train de remarquer qu'Ana Upla n'était plus là.

– Où est Ana ?

– Je sais pas, elle était…

– Où est Ana ?

– Je sais pas. Elle n'est pas descendue avec nous ?

Oum effarée jetait des regards partout puis me fixait comme si elle attendait que je lui dise où je l'avais cachée, ou comme si je l'avais tuée en

106

douce. Mais non, au contraire. Je sentais un trou en moi où tout s'effondrait. Elle avait disparu. Géo entre nous ne comprenait pas ce qui se passait, pourquoi nous perdions notre sang-froid, lui se foutait complètement de savoir où se trouvait Ana Upla – on ne peut pas lui en vouloir.

– ANA !

Ça ne servait à rien. De toute évidence, elle ne s'était pas enfouie dans le sable.

– ANA !

– Je reviens, attendez-moi là.

J'ai jeté les deux sacs aux pieds d'Oum et je suis reparti en courant vers l'escalier.

– Papa !

Je n'avais pas envie de faire ça, mon instinct me hurlait d'aller dans l'autre sens (il ne se foulait pas, mon instinct), et je suis tout ce qu'on veut sauf un héros, je voulais sauver Oum et Géo, et moi bien sûr, mais il reste toujours une parcelle de raison dans l'homme traqué qui se change en lapin : je savais que si je n'allais pas chercher Ana Upla en haut, je vivrais le restant de mes jours (de mes heures, au pire) sombre et tordu. Mon cœur, pour être honnête, l'aurait laissée. Pas mon cerveau.

Sur la plage (nous avions marché une centaine de mètres avant de constater son absence), les inquiets que je croisais en bolide me regardaient passer avec étonnement, pour les optimistes (il a perdu le nord), ou effroi pour les pessimistes (il y a le feu aussi de l'autre côté ?), mais quand j'ai entamé la montée, je me suis heurté à beaucoup plus de résistance et d'incompréhension. L'escalier me déversait dessus des blocs de chair pressée qui m'empêchaient de monter – je ne pouvais pas leur reprocher de ne pas tenir leur droite. Je devais pourtant me dépêcher et j'en ai écarté quelques-uns un peu brutalement, suscitant plus que de l'énervement : ils ne comprenaient pas ce que voulait ce dingue qui tentait à toute force de se ruer vers les flammes. Une fille violacée comme une aubergine m'a braillé quelque chose que je n'ai pas compris, et un gros blond aux yeux qui lui jaillissaient de la tête a essayé de m'envoyer son poing sur la tempe (heureusement, il m'a plus ou moins raté : si j'étais tombé groggy à ce moment-là, écrasé sur les marches par le troupeau en déroute, sonné, piétiné, harassé, par 45° et à portée de fléchette du plus grand incendie qu'ait connu l'Italie, je n'aurais pas pu puiser assez loin dans mes ressources pour retrouver le moral et repartir) – je ne saurai jamais si le gros blond exorbité a voulu simplement envoyer au tapis un obstacle qui l'empêchait de sauver sa peau rose, ou s'il a fraternellement essayé de me secouer et de me ramener à la raison (« Fais pas ça, petit, tu débloques, on va s'en sortir, tiens bon et je te fiche mon billet que dans deux heures, je te paie un bon steak chez Paulie ! »), même si je penche plutôt pour l'obstacle et la peau rose. Le crâne tout de même heurté par son poing, éreinté, à deux doigts de l'insolation et luttant farouchement pour gagner quelques mètres contre un torrent humain, je me demandais vraiment ce que je faisais là, mais j'étais obligé.

J'ai fini, cabossé, par atteindre le haut de l'escalier et le chemin qui menait au petit parking, où il me semblait avoir vu Ana Upla pour la dernière fois – mais était-elle bien là avec nous ? En une dizaine de minutes, l'atmosphère avait complètement changé ici. Les gens couraient et criaient – il en montait encore par l'autre versant (la crique en bas était entièrement engloutie par la fumée maintenant) –, l'air était brûlant, le vent noir, le feu déchaîné juste là, partout, les flammes hautes comme des immeubles, tout le monde courait et criait mais je ne voyais pas Ana.

– Ana ! ANA !

Ça ne servait à rien, l'affolement général et le souffle bruyant de l'incendie, satanique et irréel, étouffaient tous les sons. J'ai cherché partout, sans espoir mais conscient qu'elle n'avait pas pu se volatiliser, avec espoir donc, sans espoir, elle n'était nulle part. J'ai aperçu un petit sentier qui du parking s'enfonçait dans la forêt, dans la mauvaise direction, vers le feu, et que je n'avais pas remarqué plus tôt. J'ai compris qu'elle était partie par là, comme si je voyais sa trace, son corps en rémanence, qui s'éloignait. Je m'y suis engagé mais j'ai pris conscience aussitôt que c'était insensé, ma peau boursouflait, je ne pouvais plus respirer, je ne voyais rien à dix mètres. J'ai fait encore quelques pas pour m'assurer qu'elle n'était pas assise au pied d'un arbre, qu'une ombre n'avançait pas devant moi dans la fumée, et j'ai dû me résoudre à m'arrêter, incandescent. J'ai fait demi-tour.

Sur le petit parking, ce n'étaient plus des hommes, des femmes et des enfants qui s'agitaient, mais des animaux terrifiés qui s'éparpillaient et fuyaient, pas d'esprit, que de la peur et des muscles. J'ai appelé une dernière fois, sans plus aucune illusion :

– ANA !

Je ne peux m'empêcher de m'en vouloir, même si bien sûr je n'avais pas le choix, je suis allé aussi loin que possible, je ne suis pas ignifugé. Je savais qu'elle avait bifurqué ici, pour qu'on ne la pousse pas, qu'on ne la force pas à continuer, qu'elle avait disparu sur le chemin, fatiguée, résignée, peut-être soulagée. J'espère qu'elle est morte asphyxiée, que le feu n'a pas eu le temps de l'avoir vivante. (Je ne vais pas m'amuser à faire du suspens avec ça : je ne l'ai jamais revue – et à ma connaissance, on n'a rien retrouvé d'elle. Elle s'est évaporée avec ses chaussures rouges et ses souvenirs, son mari peintre, ses bars d'hôtel et ses mois passés dans l'Himalaya.)

Perdu, je me suis joint à la bousculade qui dégringolait l'escalier et quelques battements de cœur plus tard je retrouvais Oum et Géo sur la plage. Ils voyaient les flammes là-haut, derrière moi – Oum avait changé d'expression, ses yeux s'étaient écarquillés, vidés, ses traits s'étaient glacés sous le soleil, Géo tremblait en sanglots.

– Tu ne l'as pas trouvée ?

– Non.

Je l'ai fixée aussi intensément que je pouvais, pour lui transmettre la suite de la réponse.

– Où elle est, Ana ?

– Je sais pas, mon gars. Elle a dû prendre un autre chemin.

– Mais où ?

– J'en sais rien. Allez, il ne faut pas rester là.

Nous sommes repartis vers le fond de la plage en marchant vite sur le sable brûlant (d'habitude, nous ne tenions pas dix secondes les pieds secs, il fallait mettre les tongs, mais à ce moment-là, la chaleur du sol n'arrivait pas à la cheville de celle de l'air enflammé, et surtout, la panique détache l'esprit de la plante des pieds). Toutes les familles qui se pressaient avec nous vers le cul-de-sac nous ressemblaient. Les enfants pleuraient, les mères montraient des signes incontrôlables d'agitation, les pères tentaient de faire bonne figure, calmes et solides en apparence, garants de la survie des leurs (il ne nous manquait que les peaux de bêtes et les massues). Je constatais peu fier qu'Ana Upla disparaissait déjà de mes pensées. L'homme préhistorique.

Quand nous sommes arrivés à la hauteur de la petite résidence blanche (tous les locataires s'étaient regroupés devant, au bord de la forêt, soudés et perplexes), je me suis rendu compte que nous avions de plus en plus de mal à avancer. Épuisés. Non. J'ai mis un certain temps à comprendre que c'était parce que le vent soufflait contre nous. Instinctivement, tout le monde ralentissait – plutôt tranquillisé que freiné. Plusieurs têtes ont pivoté, quelques corps tout entiers : l'épaisse fumée qui jusqu'alors nous poursuivait repartait à présent de l'autre côté, vers les étendues déjà embrasées. Un sentiment d'apaisement se répandait peu à peu autour de nous, sur la plage, comme une nappe claire.

Nous avons tous les trois continué à marcher, plus lentement, comme d'autres, pendant que certains restaient sur place, tournés vers la ligne de front qui se stabilisait, vers les flammes impuissantes face au vent notre nouvel allié versatile, espérant peut-être que tout était fini, que la chance, elle aussi, avait tourné, et qu'on allait pouvoir s'en tirer vivants – on l'a échappé belle.

Nous sommes arrivés au bout de la plage, à l'endroit qui marquerait, de toute façon, la fin de notre marathon chaotique et cahoteux : aucune route ne partait de la résidence, comme je l'avais supposé d'en haut, et la seule issue encore possible était un sentier de terre en face de nous, dans le prolongement de notre parcours, qui montait au milieu des buissons puis des arbres – or j'avais vu depuis le petit parking surélevé qu'il n'y avait plus de plage derrière, plus rien derrière, que de la forêt, donc plus rien : il était impensable d'imaginer pouvoir songer à s'y hasarder.

Quatre ou cinq mètres après le début de ce chemin, au milieu des premiers arbustes, sur un socle de pierre, se dressait, j'avais peine à y croire, une statue de la Vierge. D'une cinquantaine de centimètres de haut. (C'était bien la première fois que je voyais une statue de la Vierge sur une plage à touristes. Pourquoi pas aussi un buste de Molière ou la tombe de Noureev ?) Je ne croyais pas en Dieu, il n'y avait là pour moi qu'un morceau de pierre sculptée, mais il faut reconnaître que ça fait drôle. La Vierge, quand même.

Géo ne pleurait plus (probablement rassuré par le fait que nous nous soyons arrêtés – fuir effraie), Oum reprenait ses esprits et son souffle, s'humectait les lèvres avec la langue, s'assouplissait le regard, la plupart des gens près de nous discutaient et se détendaient un peu – il n'y avait de toute manière plus rien d'autre à faire, c'était l'arrivée de l'étape et chacun, ayant donné son maximum (on a atteint le pied du mur, les gars, c'est bon), laissait naturellement retomber la pression –, j'ai repéré la femme enceinte, qui parlait en se tenant le ventre avec un grand blond couleur cuir en short rose, le couple pâté de poule, défait et chancelant, qui s'était approché de l'eau pour humecter le petit crâne congestionné de son bébé, et l'homme en costume clair et chemise bleu pâle de la villa qui dominait tout, un quinquagénaire manucuré aux beaux cheveux argentés (genre chef de clinique dans les feuilletons), toujours élégant malgré les conditions peu propices à l'affirmation du standing, mais seul et désemparé, les mocassins dans la boue près de la douche de plage.

Le vent ne resterait pas longtemps de notre côté. Il n'avait pas vraiment rechangé de direction, mais il ne soufflait plus aussi fort en notre faveur que deux minutes plus tôt (ce ne serait en tout cas pas suffisant, un enfant peu doué l'aurait compris, pour stopper les flammes), il hésitait, se calmait ou redoublait de puissance, variait, tourbillonnait, comme un arbitre fou – la notion d'arbitre fou est source de stress. Il n'était pas nécessaire d'être un grand spécialiste de la Tournure des Choses pour prévoir que, de toute façon, vite ou lentement, le feu allait venir vers nous et, à un moment ou à un autre, très proche ou proche, nous encercler et nous exterminer.

En regardant la foule hétéroclite quoique en maillot de bain concentrée sur cent cinquante mètres de sable, panel représentatif des victimes quotidiennes dans le monde occidental, j'ai repensé à ces plans larges que j'aimais tant dans les films noirs américains des années 40, les trottoirs de Chicago ou de New York vus de haut, parcourus par des centaines ou des milliers de personnes anonymes – qui n'étaient pas des figurants, qui se rendaient à leur travail ou chez des amis, inconscients d'être filmés depuis le vingtième étage d'un immeuble : tous ces gens, je me disais devant l'écran, sont morts à présent, rayés de l'annuaire mondial, enterrés dans le passé. Ce petit bonhomme qui traverse l'avenue en courant sous son chapeau, ce groupe de quatre arrêté devant une vitrine, le conducteur de cette voiture qui démarre au feu vert, avec je ne sais quels soucis en tête, et tous les autres qui marchent, courent, tournent au coin d'une rue, avec leurs histoires à l'intérieur, leurs envies, leurs doutes et leurs craintes, la femme qu'ils vont rejoindre, le sandwich qui leur reste sur l'estomac, l'emploi qu'ils viennent de trouver ou de perdre, leur enfance, leurs billets en poche et leur gueule de bois, je les vois sur l'écran et pourtant ils n'existent plus, plus rien d'eux n'existe. Ils ont tous été supprimés à la faux géante, mille petits univers effacés en masse. Et nous, ici, échantillon symbolique, nous allons peut-être subir le même sort en accéléré. Cette foule va disparaître. Eux, je ne les connais pas, pas plus que les passants gris de New York. Ana Upla, elle, a déjà disparu – comme tous les passants gris de New York (crise cardiaque, accident de la route, cancer du poumon, de la prostate, du pancréas, du sein, suicide, chute dans l'escalier, leucémie, balle dans le ventre, noyade, rupture d'anévrisme, cirrhose), mais penser à elle, que je ne connaissais pourtant pas tant que ça, est une douleur violente.

Quelques mois avant de partir en vacances, nous avions acheté un aquarium pour Géo (et afin de remettre un peu de vie animale dans l'appartement, après la mort, le 16 septembre 2006, à 20 ans, de mon chat Spouque – c'est un peu plouc, un aquarium, mais c'est de la vie quand même). Nous y avions installé une trentaine de poissons, presque tous différents, des gros et des petits, des indolents et des agités, des bleus et des jaunes, des noirs, des nettoyeurs de vitres et de sol, une petite grenouille et une crevette du Sénégal. Cette crevette n'avait rien de très remarquable (hormis le chemin qu'elle avait parcouru (en avion ?) pour arriver jusqu'à notre aquarium – vous désirez une boisson, des biscuits salés ? (attachez votre ceinture, s'il vous plaît)), elle restait toujours à demi cachée sous un morceau de bois décoratif et agitait mécaniquement des sortes de mandibules palmées pour s'envoyer dans la bouche (on dit peut-être la gueule pour les animaux, mais la gueule de la crevette, ça fait peur) la nourriture microscopique contenue dans l'eau. Tous les deux ou trois jours, elle pétait un plomb et s'envolait pour un tour de l'aquarium à fond les ballons, planant vite à mi-hauteur, se déplaçant apparemment sans bouger, et sans raison, avant de revenir se poser sous son bout de bois (elle cherchait sans doute à retrouver un peu de l'émotion du 747). Rien de très passionnant dans la vie et les mœurs de cette crevette, donc (tu peux rentrer chez toi – pour ce que tu nous apportes…). Mais lorsque, un matin d'hiver, je l'ai retrouvée inanimée sur le gravier qui tapissait le fond, couchée sur le flanc comme un cheval à bout de forces qui s'est laissé mourir, je n'ai pas pu réprimer un surprenant sentiment de tristesse. Je suis allé sourcils froncés chercher l'épuisette et l'ai lentement sortie de l'eau. Avant de la mettre à la poubelle, j'ai observé une dernière fois, de plus près que jamais, son petit corps mort, détaché de son milieu naturel. Ça me faisait de la peine (je n'ai pas, n'exagérons rien, fondu en larmes (« Pourquoi ? POURQUOI ? ») ni porté le deuil trois mois, mais enfin je me sentais contrarié). Retournant au salon, tout chose, je me suis gratté la tête. J'ai vu des milliers de crevettes mortes dans ma vie (je ne suis pas le seul, je sais). Chaque jour, en passant devant la poissonnerie, je laisse glisser un œil indifférent sur de vrais charniers de crevettes, des centaines de victimes roses ou grises entassées sans égard, comme des sardines : ça ne me fait rien (heureusement, car mon existence ne serait que pleurs et souffrance). Truffe, je n'en consomme pas moi-même (ce genre de carapace, ces antennes, ces yeux noirs et durs, non, plutôt manger un singe) mais il m'est arrivé souvent de me trouver face à quelqu'un qui s'en envoyait une assiette, qui les déchiquetait même sans l'ombre d'un scrupule (et vas-y que je t'arrache la tête) avant de se les enfourner dans la bouche (« Mais qu'est-ce que tu fais, bon Dieu ?! »), et jamais je n'ai eu à réprimer le moindre sentiment de tristesse, à contenir le moindre sanglot – car je suis normal. Alors pourquoi la disparition de celle-ci me touchait-elle ? Parce qu'elle venait du Sénégal ? Non, c'est idiot, je ne vois pas pourquoi la mort d'une Bretonne me serait plus supportable que la mort d'une Sénégalaise. Parce qu'elle était plus grosse que celles qu'on gobe (pas moi, attention) ? Dans ce cas, langoustes et autres homards devraient provoquer chez moi de véritables crises de nerfs. Non, ça ne pouvait être que parce qu'elle était chez nous depuis deux mois. Mais toute la journée, elle ne faisait qu'agiter machinalement ses mandibules ou je ne sais quoi en regardant droit devant elle. La communication avec une crevette, surtout de part et d'autre d'une vitre, est très limitée – et seuls les grands aficionados de la nature plongent la main dans l'eau pour la caresser, établir un contact. Comment des liens auraient-ils pu se créer ? En réalité, je crois que si sa mort m'a ému, c'est simplement, et ça n'explique pas grand-chose, parce qu'il s'agissait de la crevette qui était dans notre aquarium.

Pour nous, le monde, maintenant, se réduisait à un bout de plage. Il n'y avait rien devant nous, juste une statue de la Vierge et un mur vert infranchissable, et rien derrière, une barrière de flammes puis la désolation noire. Plus rien d'autre ne pouvait nous servir de décor que ce bout de plage, qui rétrécissait.

La chaleur augmentait encore. Oum a pris Géo par la main (il ne la lâcherait plus), l'a entraîné jusqu'à la douche, l'a placé sous le pommeau et a appuyé sur le bouton : une pluie d'eau tiède pour le rafraîchir et lui éviter l'insolation ou la déshydratation (j'aurais pu y penser). Dès qu'elle a laissé la place, plusieurs mères l'ont imité.

Le blond couleur de canapé, en short rose, qui parlait plus tôt avec la femme enceinte, s'est avancé d'un pas grave mais sûr jusqu'à une position centrale, a levé les bras pour attirer l'attention et a appelé tout le monde. Il allait nous faire un point de la situation, et nous expliquer comment nous en sortir.

Le vieux tueur cacochyme

Un attroupement s'est vite formé autour de l'athlète de cuir. (Au royaume des aveugles, au pays des chauves, et tutti quanti (je progresse)… Quand tout le monde est perdu, celui qui dit avoir une boussole dans la poche se retrouve avec une couronne sur la tête avant d'avoir fini sa phrase (dans mon premier roman, j'avais appliqué cette évidence à la conquête sexuelle (la seule qui vaille vraiment la peine, même si le plaisir est éphémère et se dissout dans l'aube, la durée n'ayant jamais été un critère de qualité – qui préférerait passer un mois à Roubaix plutôt qu'une semaine à Séville ?) afin d'aider les jeunes lecteurs à s'épanouir (c'est le rôle de l'artiste), mais le raisonnement est valable dans bien d'autres domaines : le monde du travail, le poker, l'éducation des enfants, les conflits et bagarres de bar, les soirées mondaines, la vie de couple et tout le tintouin (défendons la langue française)) : les gens sont rongés par le doute, ne savent jamais comment s'y prendre (c'est bien normal), pataugent dans la crainte et l'incertitude ; dès, donc, qu'ils se trouvent en face de quelqu'un qui fait mine de savoir ce qu'il veut, de connaître la suite, ils sont soulagés de pouvoir lui emboîter le pas (pour revenir à ces histoires de conquête sexuelle qui vaut vraiment la peine, une fille (ou un garçon, c'est selon) à qui l'on dit en substance, et avec le tact nécessaire : « Viens, suis-moi, on va passer la nuit ensemble, à tel endroit, viens, ce sera bien » se laisse volontiers entraîner (moi comme les autres, bien sûr), du moins en règle générale (il y a toujours des coincés irrécupérables), ne peut résister et n'hésite pas plus de quelques secondes – notez, jeunes lecteurs avides : mettez une main entre les jambes d'une fille (métaphoriquement ou pas, selon l'humeur du moment), et c'est dans la poche (avec la boussole)).) Tous les réfugiés de la plage, qui comme nous n'avaient plus d'idées ni de repères, se sont regroupés autour du short rose. Rassurés d'avoir trouvé un phare, un guide, un berger.

Au centre du cercle, il s'est mis à parler en italien, d'une voix forte et posée que buvait la majorité des personnes présentes (même les Allemands semblaient décoder ce qu'il disait, ce qui est tout à leur honneur – ils n'ont pas que des qualités, loin s'en faut (ils parlent fort, ne pensent qu'à la bière et s'habillent n'importe comment), mais ils sont moins fainéants que ces cochons de Français). Moi, cochon, je ne comprenais rien. Oum et Géo étaient restés près de la douche, me laissant remplir mon rôle viril de chasseur d'informations, mais malheureusement, je ne comprenais rien. Je devinais bien qu'il n'était pas en train de nous prédire une mort inévitable et imminente, car il paraissait plus détendu qu'un vendeur de glaces et beignets en fin de saison (et ses paroles, si elles n'apportaient pas le sourire des libérés sur le visage écarlate des baigneurs en péril, allumaient du moins dans leurs yeux de petites aurores d'espoir), mais il semblait donner des consignes importantes pour notre survie et tout m'échappait, je ne comprenais rien, poisse. J'ai demandé en anglais, à une grosse blonde remplie de saucisses et de bière tiède qui se trouvait près de moi, si elle pouvait me traduire ce qu'il disait, mais elle m'a regardé comme si je l'insultais en russe, malgré mon accent londonien remarquable, avant de se concentrer de nouveau sur le discours du maître, qui allait la sauver, elle et ses saucisses (et pas moi). Certains, vraiment, ne servent à rien sur terre. À quelques mètres de moi, j'ai remarqué un jeune homme brun, bouclé, à l'air intelligent, ouvert et sympathique (un beau garçon, je pense). Je me suis approché de lui, j'ai répété ma question comme je m'enquerrais de l'heure à Piccadilly Circus, sans le moindre soupçon d'agressivité russe, et il m'a répondu avec simplicité et bienveillance, d'une voix amicale, le regard humain : le berger torse nu était en train d'expliquer qu'il ne fallait pas paniquer, qu'il fallait surtout rester là, que c'était l'endroit le plus sûr, qu'il fallait mettre des serviettes humides sur la tête des enfants, et que les secours allaient arriver. Je l'ai chaleureusement remercié (même s'il était à peu près naturel qu'il m'ait rendu ce petit service – n'importe quel traducteur amateur non hitlérien en aurait fait autant : nous étions ensemble au bord de l'au-delà –, j'ai eu envie de serrer mon cousin de détresse dans mes bras et de lui dire qu'il était un exemple de ce que pourraient devenir les habitants d'un monde meilleur), puis je suis retourné, finalement moins rassuré que je ne l'avais d'abord espéré (pourtant il suffisait de s'en remettre au berger omniscient, qui disait qu'il fallait faire ceci et qu'il fallait faire cela, suivons-le), vers Oum et Géo, faibles près de la douche.

– Qu'est-ce qu'il a dit ?

– Il a dit de ne pas s'affoler, de ne pas bouger d'ici, que c'était l'endroit le plus sûr, et que les secours allaient arriver.

J'ai vu les traits de ma femme se détendre un peu, mais quelques secondes à peine. (Elle a fouillé dans son sac et en a sorti son paquet de cigarettes. Heureusement, il était imbibé d'eau. Sinon, Oum se serait allumé une cigarette ici.) Elle sentait mieux que moi que la confiance qu'on pouvait accorder au chef ne résisterait pas à une légère réflexion, qu'elle ne pouvait tenir que superficielle, aveugle. D'ailleurs, en m'entendant prononcer « les secours vont arriver », j'ai réalisé que ça ne sonnait pas très juste. Par besoin instinctif de certitude, tout le monde avait dû se dire comme moi : « Ce type sait de quoi il parle », mais il était fort peu probable que l'un des hauts responsables des pompiers de la région se soit retrouvé ici par hasard, en short rose. Si je faisais l'effort de visualiser la scène, je ne l'imaginais pas non plus avec un micro et un casque dans son bungalow, à écouter en radio amateur les informations d'une caserne voisine : « Bien reçu, Rocco, bien reçu, ne vous affolez pas. Ecoute, on attend Luigi qui est aux toilettes, là, et on arrive dans trois minutes. Dis bien aux gens de ne pas bouger. C'est l'endroit le plus sûr, hein, de toute façon ? Bon, ça y est, voilà Luigi. On démarre les hélicos et c'est parti mon kiki. » Il ne pouvait en fait que supposer que les secours ne tarderaient peut-être pas trop à comprendre que nous allions mourir, et à envisager la possibilité d'une opération de sauvetage compliquée. Ou bien il était voyant (« Le Grand Rocco est actuellement à la plage, les consultations reprendront à 18 heures »). Car on n'entendait toujours aucun moteur dans le ciel, et pas un bateau blanc ne se découpait sur la mer de plus en plus sombre. Nous devions donc essayer de ne pas réfléchir, et de le croire. Il était notre seule chance.

– C'est le jeune mec brun, là-bas, qui m'a traduit ce qu'il disait. Il a l'air vraiment gentil. Heureusement qu'il y a des gens bien.

Parler de lui me semblait nécessaire et réconfortant, comme si sa présence renforçait la probabilité d'une issue heureuse. Si notre univers se résumait désormais à quelques centaines de mètres de sable, l'humanité s'était pour nous condensée en ces quelques centaines de créatures, les milliards d'autres vivant dans un monde lointain, à présent inaccessible : il était agréable de constater que, dans notre société réduite, à côté des blondes à saucisses et des rougeauds balourds, on trouvait des normaux disponibles et sensés, sensibles (comme nous, ça va sans dire). Notre micro-peuple méritait donc d'être épargné.

– Il a dit qu'on allait être sauvés, papa ?

– Oui mon gars, il a dit ça. Que les pompiers vont venir.

Aussitôt, le visage de Géo s'est éclairé, comme lavé d'un coup : la plupart de ses craintes s'étaient évaporées en un instant (ces moutards sont beaucoup plus forts que nous).

– Ah, il a dit aussi que ce serait bien de mettre une serviette humide sur la tête des enfants.

Cette dernière précision a coupé un peu l'élan d'optimisme. Autant « C'est l'endroit le plus sûr » et « Les secours vont arriver » sont de bonnes informations, porteuses d'espoir et sources de pensées positives, autant « Mettez-vous des serviettes humides sur la tête » fout un coup au moral. C'est comme si, dans un avion qui perd de l'altitude, au moment où l'on essaie dans l'urgence de se souvenir de son catéchisme, l'hôtesse au micro annonce que ce n'est pas grave, de simples turbulences que nous aurons bientôt franchies, mais qu'il est indispensable d'enfiler son gilet de sauvetage au plus vite.

Oum a sorti du sac de toile orange (qu'elle s'était débrouillée pour me reprendre en douce) un drap de bain lourd d'eau de mer, l'a rincé sous la douche et en a recouvert la tête (et tout le haut du corps) de Géo. Il semblait prêt à être léché par les flammes. Elle a relevé toute la partie de la serviette qui tombait devant lui et l'a repliée vers l'arrière, pour arranger une sorte de grand fichu trempé qui, au moins, ne lui masquait pas la vue. Quasi radieux trente secondes plus tôt, il retombait déjà dans le doute. Elle lui a expliqué que ce n'était pas pour le protéger du feu, mais simplement pour le rafraîchir, l'hydrater, dans cette chaleur qui devenait intenable – les enfants sont plus fragiles. Ça ne l'a pas beaucoup détendu. Fantôme dégoulinant, il ne se sentait probablement pas du tout dans la peau du garçon qui va être sauvé d'une minute à l'autre. À juste titre.

Nous sommes passés chacun notre tour sous la douche, longuement (Géo deux fois), puis, comme la queue pour l'eau maintenant trop chaude s'allongeait – les souffles devenant courts, les crânes souffrant, les peaux cuisant –, j'ai proposé à Oum de se couvrir la tête de la deuxième serviette (les femmes sont assez fragiles aussi – alors que les hommes, monstres de résistance, jamais ne flanchent (qu'on me pende si je cille)) et nous avons fait quelques pas pour nous rapprocher de la mer. Je commençais à sentir mes jambes ramollir (mais ça ne se voyait pas).

Là-bas, en face, à l'autre bout de notre monde qui se contractait, les voitures du grand parking explosaient et les arbres autour flambaient comme de la paille. Le vent ne soufflait pas directement vers nous, plutôt vers le large, ou disons en diagonale par rapport à nous (si la plage suivait un axe de midi à six heures sur une montre (nous sommes regroupés sur le six – tic, tac, tic, tac), le vent poussait la fumée vers quatre heures) : en avant des flammes excitées, un nuage noir et toxique recouvrait déjà un tiers du sable et s'étirait loin sur l'eau, jusqu'à la hauteur de la moitié de la plage environ. Combien de temps nous restait-il ?

À quelques mètres, un couple et leurs trois enfants luttaient contre le découragement. Les trois petits (de quatre à sept ou huit ans, engendrés en rafale) pleuraient en se tordant les mains et en sautillant sur place ; la mère, une jolie jeune femme décolorée aux yeux tristes, avait le front plissé, les lèvres tremblantes et se grattait nerveusement l'avant-bras gauche avec la main droite, toujours au même endroit (j'avais mal pour elle) ; seul le père paraissait à peu près placide et allait de l'une aux autres pour leur caresser l'épaule ou les cheveux, les tenir hors du gouffre, et même essayer de les amuser. C'était un grand Italien légèrement dégarni, à l'allure solide et sociable, en maillot de bain bleu et tee-shirt jaune sur lequel figurait en noir ce qui ressemblait à une tête de loutre (pas sûr). Je ne comprenais pas ce qu'il disait à sa brochette de marmots, accroupi devant eux, mais il réussissait à sourire en leur parlant, comme s'il leur expliquait le côté comique de l'aventure (j'étais admiratif, il me restait du chemin à faire avant de prétendre aux étoiles de Père d'Exception – cela dit, ça ne fonctionnait pas du tout, sa technique, les jeunes se décomposaient à vue d'œil). Géo retenait ses larmes sous sa grande serviette ruisselante, mais ça ne durerait pas lurette si je ne passais pas au niveau supérieur.

J'étais en train de chercher une bonne blague (« C'est Toto qui va dormir chez sa maîtresse… »), quand l'homme de la villa s'est approché de moi, d'un air aristocratique mais empoté. Dans un anglais impeccable (il était manifestement anglais, c'est trop facile, j'te l'fais), il m'a demandé ce qu'avait dit le chef en short rose. Je lui ai répondu dans un anglais tout à fait respectable (si j'étais né à Manchester, on verrait de quoi je suis capable), endroit le plus sûr, secours, mais ça n'a pas semblé le réconforter beaucoup. Le malheureux se sentait de toute évidence peu à l'aise parmi le commun des vacanciers, ces ordinaires qui ne savaient sans doute pas gérer efficacement les situations de crise. Comment leur faire confiance ? (Si Lord Wenstock était là, ce serait vite réglé, ça ne ferait pas un pli – n'avait-il pas maîtrisé avec la plus ferme élégance ce forcené qui s'était introduit un soir au club, l'an dernier ? Mais Lord Wenstock n'appréciait pas les ambiances balnéaires. Sir Edward se retrouvait là tout seul, comme un grand nigaud. Quelle idée, aussi, d'aller faire le zazou en bord de mer ? Et je n'ai même pas mon costume de bain.) Il transpirait à grosses gouttes, le col de sa chemise bleu pâle s'imbibait de sueur acide, éponge chic à déconfiture. Je lui ai demandé l'heure : son poignet décoré d'or indiquait environ 15 heures. Il n'avait pas l'air méchant, ni hautain, juste déplacé, rattrapé et ne comprenant rien. (Tandis que nous, bien entendu, nous comprenions tout – les incendies étaient notre lot quotidien et on allait te mater celui-là en deux coups de cuiller à pot, à l'ouvrière.) Après m'avoir remercié, il s'est éloigné en frottant distraitement ses paumes moites sur la toile écrue de son pantalon. Bonne chance, sir Edward.

Oum s'était baissée vers Géo et lui parlait à voix basse, certainement pour détourner son attention de la masse noire qui s'approchait et des flammes en furie qui avalaient un à un (quatre à quatre) les arbres qui nous séparaient d'elles. Il fixait hypnotisé la menace.

Près de nous, une femme sanglotait en serrant ses deux fils dans ses bras, un de chaque côté. Mes yeux ont croisé ceux du père, trois secondes. Nos visages sont restés impassibles, comme dans le métro, mais quelque chose est tout de même passé entre nous, au fond des pupilles, télépathique : « Ça va être dur. » C'était un moment troublant, au cœur de l'être humain. (Mon frère.) Il était peut-être bien plus intelligent que moi, ou l'inverse, il y avait peut-être sur cette plage des génies et des crétins, des impulsifs et des raisonneurs, des brutes et des poètes, des robots, des animaux, mais pas un seul d'entre nous n'avait une idée d'avance sur les autres, nous étions tous logés à la même enseigne (déglinguée) : « Au secours. »

Trois femmes d'une cinquantaine d'années, copines en vacances (« Comme avant, les filles »), sont passées devant moi et se sont engagées dans les buissons, sur le chemin que gardait la statue de la Vierge (glacée, muette). Ça n'avait pas de sens, elles s'enfonçaient dans la forêt et n'en ressorti-raient jamais vivantes, mais valait-il mieux rester ici à attendre de ne plus pouvoir respirer ? Combien de personnes sur dix, coincées dans une chambre en feu au cinquième étage, sautent par la fenêtre ? J'ai échangé un regard avec Oum (en restant impassible, comme dans le métro, mais : « Il faut faire quelque chose, réagir, pour Géo ») et je suis parti

– Papa ?

voir le phare en short rose. Il était posté près de la douche, soucieux mais fort, à côté d'une petite rousse courte sur jambes qui tenait apparemment le rôle de fidèle disciple et d'assistante – « Nous allons bientôt mener une bataille décisive, Edna. » Comme si je n'avais pas entendu son discours d'investiture, je lui ai demandé en anglais s'il valait mieux rester ici, d'après lui, ou tenter une sortie par le sentier de la Vierge. Grave, dérangé dans ses réflexions mais toujours à l'écoute de ses hommes, il m'a expliqué (dans un anglais pitoyable, le pauvre bougre) qu'il ne fallait bouger d'ici sous aucun prétexte, que c'était la seule solution (j'essayais de me convaincre qu'il avait survécu à de nombreux incendies similaires, et que chaque fois que les gens étaient restés ici, ils avaient été sauvés). La petite rousse dodue approuvait de la tête chacune de ses paroles. Dans l'intimité, il paraissait moins détaché et confiant que face à son public, plus sombre, mais c'était certainement parce qu'il se projetait mentalement dans l'avenir immédiat, afin de ne rien laisser au hasard. Son assistante, Edna, plantait ses yeux dans les miens, me mettant au défi de le contredire. Je suis retourné vers Oum et Géo. Je savais bien qu'il n'avait pas survécu à de nombreux incendies similaires, et qu'il n'était qu'un homme qui doute, comme nous. Au fond de lui, il pensait : « Je n'en sais pas plus qu'eux et c'est à moi qu'on demande ce qu'il faut faire. » J'allais donc à nouveau devoir prendre une décision difficile, plus importante encore que la première, tout à l'heure en haut de l'escalier, puisque cette fois, nous étions au pied de la statue de la Vierge, au dernier carrefour. Attendre ou s'enfoncer. À mon avis, il valait mieux s'enfoncer, quitte à mourir, puisque attendre serait forcément mourir (la fumée qui nous tuerait engloutissait maintenant les pédalos rangés au milieu de la plage) sans avoir rien tenté. Ce n'était même plus une question de coup de poker, comme plus haut : je devais arbitrer la bataille dans mon cerveau entre l'instinct (« Continue à fuir ! ») et le bon sens (« Si tu fuis, tu vas cramer, imbécile… »). L'instinct ou le bon sens, c'est ce qu'avait écouté le chien blanc qui nous avait suivis en laissant l'aveugle derrière lui. Mais je n'arrivais toujours pas à déterminer si c'était son instinct qui l'avait décidé à nous suivre, ou un semblant de bon sens. Que choisir ? C'était trop lourd pour moi (je suis moins inspiré qu'un chien), il fallait que je m'appuie sur Oum. Entre nous deux, Géo levait la tête, à l'écoute.

– Il continue à dire qu'on doit rester ici. Mais je sais pas, il n'est pas devin, non plus, il peut se tromper. Par là, peut-être que…

J'ai montré la Vierge d'un geste vague.

– Non, on ne bouge pas d'ici.

– Écoute, ici, regarde, si on attend…

Je ne voulais pas trop en dire, Géo nous observait comme un marin perdu dans la tempête observe le ciel.

– On pourrait peut-être essayer…

– Voltaire, non ! On ne bouge pas d'ici. On reste ici.

J'ai connu, croisé, beaucoup de monde dans ma vie, des gens que j'aime, que j'admire, que je respecte, mais je ne fais aveuglément confiance qu'à une seule personne sur terre (qui jamais ne me laissera aboyer seul) : Oum. Dans tous les domaines, en toute occasion, et celle-ci particulièrement – elle a grandi à la campagne, a poussé dans la forêt, elle a dû développer une sorte de sixième sens animal, de génie sylvestre qui lui dicte naturellement la conduite à adopter en cas de danger en milieu sauvage. Je n'ai donc plus à me poser de questions, on reste ici. (C'est vrai, se contenter d'accepter fait du bien.)

Un couple désorienté s'est à son tour engagé sur le chemin. Pas nous, non. Ils reviendraient dans dix minutes, quand ils s'apercevraient de leur erreur, ou jamais. La Vierge semblait les regarder passer du coin de l'œil.

Et maintenant ? On reste là, ça c'est fait, mais ensuite ? Cette décision définitivement prise, j'ai senti quelque chose me traverser le corps, les jambes, le bassin, grimper le long de ma colonne vertébrale, un fourmillement, des frissons dans la tête puis en retour partout dans les veines. Je savais depuis notre arrivée ici que nous étions coincés, mon cerveau me prévenait, mais à cet instant, j'ai intégré cette certitude, qui s'est diffusée en moi comme de l'héroïne, qui s'est amalgamée à moi. Les flammes et la fumée venaient de franchir une frontière, de passer du futur au présent. J'ai compris, déconcerté, que j'étais proche de la mort.

Je pensais souvent à la mort, depuis de nombreuses années. À l'époque où je buvais beaucoup, je me disais, raisonnablement, qu'on retrouverait mon corps dans la Seine, sous les roues d'une voiture, de la voiture d'un type qui partirait mal réveillé au boulot, à cinq heures du matin, ou dans une mare de sang sur le trottoir, un couteau dans le ventre, mon portefeuille vide dans le caniveau. Mais ces derniers temps, j'en étais venu à la conclusion, logique,

que je mourrais vers cinquante-cinq ou soixante ans, d'un cancer des poumons, de la gorge, de toutes ces proies faciles du goudron, ou d'un infarctus (je fumais sans me priver, vivais dans la pollution de Paris, ne mangeais que de bonnes choses fatales et passais mes journées assis ou couché (au mieux, pour ce qui est du travail des muscles et de la circulation du sang, accoudé à un comptoir)). Je m'étais fait à cette idée.

J'avais tout de même déjà cru plusieurs fois m'être trompé.

J'avais failli mourir en tombant d'un tabouret de comptoir (la gloire). C'était une nuit pleine de whisky, au Métro Bar – je ne me souviens évidemment de rien, mais on m'a raconté. J'étais posé en équilibre sur un haut tabouret, je vidais ce que j'avais sous les yeux, je n'avais plus un muscle opérationnel dans le corps. À intervalles réguliers, et sans m'apercevoir de rien, je partais vers l'arrière et le patron, Mak, en face de moi, me rattrapait par le col et me tirait vers lui pour me remettre en appui sur le comptoir. Il en riait avec le seul autre client présent, François Perrin. Il m'a dit le lendemain que, sourire crétin aux lèvres (ah, la belle époque…), je ne semblais même pas me rendre compte que j'oscillais considérablement et qu'il m'évitait une chute spectaculaire toutes les deux minutes : dans mon monde ivre, je ne bougeais pas – puisque tout bougeait autour de moi (Einstein chez les poivrots). Malheureusement, François Perrin a voulu passer de la bière au whisky, ou du pastis au cognac, le patron Mak s'est retourné pour prendre un verre sur une étagère, juste un instant, et ne sachant pas que c'était grâce à lui que j'étais encore assis, croyant en la stabilité universelle, j'ai pendant cet instant basculé vers l'arrière, abandonné mais béat, l'air confiant, et suis tombé d'un bloc et de haut comme si on m'avait tiré une balle entre les deux yeux, inerte et lourd en chute libre : mon dos et ma tête ont violemment heurté le carrelage (je n'ai rien d'une feuille d'automne), et je suis resté par terre. Quand Mak et François Perrin m'ont relevé, ils ont remarqué que mon crâne imbibé ne se trouvait qu'à cinq ou six centimètres d'une sorte de petite butée de fer aux angles pointus, fixée au sol, qui servait à bloquer la porte. Si mon tabouret avait été placé cinq centimètres plus loin du comptoir, ou si je ne sais quel ange gardien des ivrognes n'avait soufflé comme un bœuf pour dévier légèrement ma trajectoire aérienne, le fer me serait rentré dans la tête comme un clou dans une tomate mûre. Le lendemain, tas de glue chaude sur le drap trempé de sueur froide, je me suis réveillé avec une énorme bosse et le cerveau disloqué, deux ou trois côtes fêlées, des bleus comme des aubergines et le bras droit quasiment paralysé, mais vivant. Au médecin chez qui j'allais chercher un peu de réconfort en crèmes ou cachets, j'ai dit que j'étais tombé dans ma baignoire :

– Pourtant, ce n'est pas faute d'avoir fait attention : j'étais sûr que ça allait m'arriver un jour ou l'autre.

– Ah ! vous n'êtes pas le premier…

J'avais failli mourir, également, une balle dans le dos. Un samedi soir de Salon du livre à Toulon, dans un bar à matelots (et à putes, qui vont avec) encastré dans les rues sales et humides, mal éclairées, qui bordent le port (à chaque coin, ça sentait le borgne à cran d'arrêt tapi dans l'ombre, le borgne sans dents), une petite grotte poussiéreuse qui moisissait dans une lumière rouge sombre, mon ami Serge et moi avions passé trois heures à ingurgiter du whisky d'Ukraine ou de Roumanie Inférieure, clair et tiède, avec deux créatures décrépites en minijupe, bas résille et décolleté abyssal sur de tristes seins flasques. Nous étions les seuls clients cette nuit-là (tous les marins étaient partis en mission préventive dans un golfe quelconque), et elles les seules entraîneuses, rivetées depuis les années 70 à leurs tabourets en faux zèbre. Hormis nous quatre (la blonde à tête de mouton tentait de faire avouer à Serge le temps qu'il faisait à Paris, et la brune ankylosée s'extasiait péniblement sur mon « métier » d'écrivain (« Il faut en avoir là-dedans, ça doit être dur »), avec effets de cuisses molles et regards visqueux – qu'elle n'a cependant pas tardé à remettre au vestiaire, pour ne plus rester face à moi qu'en tenue de ville, juste enveloppée de fatigue et de tristesse), il n'y avait dans le bar que la patronne, à la caisse et aux bouteilles, une grosse femme luisante et presque chauve qui remplissait nos verres de son sous-whisky pisseux dès que nous les reposions vides, et dans le fond, dans un coin plus sombre encore que le reste, un petit vieux ratatiné sur une banquette, peut-être mort. Vers quatre heures du matin, quand il s'était agi de ne pas mourir ici (l'échec de toute une vie), nous nous étions levés de nos tabourets bancals comme deux spectres spongieux, sous l'œil sans éclat de nos deux compagnes de misère, et la brute dégarnie nous avait annoncé un prix épouvantable, plusieurs centaines d'euros. Nous avions tendu nos cartes, fatalistes et beaux joueurs, mais la machine à carte ne fonctionnait pas, et pour les chèques, elle se demandait si on se foutait pas un peu de sa gueule, par hasard. Nous étions en train de lui expliquer en riant que, ne faisant pas partie de la pègre, nous ne nous promenions pas avec des fortunes sur nous (sous-entendu : surtout près des ports lugubres où le crime règne en maître), elle nous répondait en plissant les yeux qu'il y avait un distributeur à cent mètres, nous lui rétorquions, joyeux drilles, que nous avions tant pompé d'argent depuis la veille (nos livres ne partent pas comme des brioches, dans les salons, et il faut bien se distraire aux comptoirs environnants) que nous ne pourrions jamais retirer une telle somme, quand un choc sourd a résonné derrière nous, un bruit de métal contre du bois. En tournant la tête, nous avons remarqué du mouvement dans l'ombre : le vieux mort bougeait. D'un geste lent, défiant l'arthrose, il a pris ce qu'il venait de poser sur la table, s'est levé (ça va aller, grand-père ?) et s'est approché de nous d'un pas de couloir d'hospice, un revolver à la main. Un revolver, oui, ne nous voilons pas la face. Le petit pépé en équilibre au-dessus de la tombe, le pauvre soûlaud oublié dans un coin, c'était le videur, le gros bras, le tueur.

Il a pointé le canon noir de son arme sur moi (et Serge, il est venu vendre des calendriers ?), m'a jaugé quelques secondes d'un regard de mafieux sans états d'âme (le sale boulot, c'est son boulot), et d'une voix à peine audible, qui semblait sortir d'un cercueil mal fermé, m'a suggéré d'aller tout de suite au distributeur s'il me restait un peu de bon sens. J'en avais à revendre, j'ai donc bredouillé que j'allais tout de suite au distributeur. Là, mon ennemi cacochyme a fait exactement comme dans les films : il a mis le revolver dans la poche de sa veste élimée, l'a orienté vers moi, et m'a indiqué la porte d'un signe de tête. Si je n'avais pas été Voltaire mais Lino Ventura ou James Bond, voire Arsène Lupin, même un jour de bronchite, je lui aurais fait remarquer, un sourire de prince au coin des lèvres, qu'il passait trop de temps à sucer des glaces au cinéma, et que le ridicule, lui, n'a pas besoin de flingue pour tuer. Mais j'étais Voltaire. Donc j'ai gardé ces réflexions pleines de panache pour mon for intérieur (qui a rigolé comme un tordu, bon public) et j'ai pris docilement la direction de la porte. Il m'a suivi, chenu mais inquiétant.

Je marchais dans l'obscurité d'un quartier sordide de la ville de Toulon, ivre et nauséeux, après une nuit à faire semblant de discuter de choses sans intérêt avec une malheureuse à moitié nue qui faisait semblant aussi, j'avançais tremblant vers un distributeur qui causerait ma ruine, sous la pluie, un vieillard armé derrière moi. Impeccable.

Mais je pouvais essayer d'échapper à mon triste sort. Serge avait peut-être déjà réglé leur compte aux trois femmes restées dans l'antre du tueur moribond, et attendait patiemment notre retour derrière la porte, si ça se trouve, une chaise brandie au-dessus de la tête. Donc si pépé revenait tout seul, ça ne changerait rien, une volée de bois dur sur la vieille cafetière et tout est bien qui finit bien. Du coup, à trente mètres du distributeur, l'envie de me sauver commençait à danser la gigue dans mon esprit. (J'avais très peu d'argent à l'époque, Géo était déjà né et l'idée de devoir le nourrir au lait polonais de contrebande à cause de mes frasques onéreuses dans un bar à putes me faisait honte par avance – et aussi je me demandais bien comment j'allais pouvoir expliquer de manière crédible à Oum que j'avais dépensé cinq cents euros pour le simple plaisir de boire de la bile de chèvre et de papoter trois heures avec une quinquagénaire dépressive. Ça sentait plutôt la call-girl toulonnaise de haut vol, ces cinq cents euros.) Je courais bien plus vite que lui (du moins à mon avis, car le croulant réservait apparemment quelques surprises), il suffisait de placer un démarrage en crochet (le revolver étant dans sa poche, il y avait de fortes chances, s'il tentait de réagir du tac au tac et de me viser, qu'il s'emmêle les pinceaux et s'écroule en tas de vieux os sur le trottoir humide), puis de filer ventre à terre en zigzag, à la manière du lapin souple, et de tourner en trombe au coin de la première rue – lait bio estampillé AB, Oum radieuse, avenir soudain clair. Durant une dizaine de secondes – j'aurais moi-même du mal à le croire le lendemain –, j'ai réellement hésité (ce n'est pas une bonne chose d'être menacé de mort quand on est saoul). J'ai quand même compris que, dans l'état où j'étais, je risquais fort, en zigzaguant à toute vitesse, de percuter de plein fouet le premier poteau venu (constituant alors une cible des plus faciles, assis par terre la bouche ouverte), et j'ai enfoui ce projet héroïque dans le tiroir des rêves idiots. Quelques billets de cent ont suffi à me sauver la vie.

L'hôtel de Serge se trouvait à cinq minutes à pied, le mien à trois kilomètres, au sommet d'une colline. Heureusement, ma pauvre partenaire brune, qui avait un cœur, m'a proposé de me ramener en voiture. C'était un vestige Renault du début des lointaines années 80, aux sièges défoncés et couverts de poils noirs et blancs, qui puait le chien mouillé – malade et mouillé. Pendant le trajet, face au pare-brise ruisselant sur lequel couinaient sans grand effet les essuie-glaces d'époque, elle m'a raconté qu'elle détestait son métier, qu'elle ne le faisait que pour subvenir aux besoins élémentaires de ses filles adolescentes (et ingrates), qu'elle n'avait pas le moral. Je comprenais. Elle m'a déposé devant l'hôtel, je l'ai saluée aussi chaleureusement que je pouvais, j'ai claqué la portière, aussi gentiment que je pouvais, et j'ai regardé dix secondes la voiture brinquebalante s'éloigner sous la pluie. J'aime bien rentrer à l'hôtel.

J'ai failli mourir la gorge tranchée devant le Saxo Bar, après avoir bu par étourderie dans le verre de bière d'un grand Serbe qui revenait de la guerre, avec pour médaille une longue cicatrice bâclée en travers du visage. (Un Serbe qui revient de la guerre, sobre, c'est déjà imprévisible et redoutable ; un grand Serbe qui revient défiguré de la guerre et entame son vingtième demi, c'est la Mort qui sifflote au comptoir.) Scié que je lui barbote sa mousse, il m'a attrapé par le col et entraîné dehors, puis il a sorti un couteau et m'en a posé la pointe sur la gorge en me saisissant par les cheveux. Il était manifestement hermétique à tout effort diplomatique. Telle l'Onu, je ne savais plus quoi faire. Et je crois que j'aurais fini en ruisseau rouge dans le caniveau, à cause d'une gorgée de bière, si le patron, Nenad, n'était pas sorti du bar avec son sourire d'assassin tranquille pour raisonner son compatriote enragé en quelques mots dans leur langue.

La semaine suivante, au ski, j'ai sauté dans un ravin (par étourderie) et suis passé comme un missile à quelques centimètres d'un poteau de télécabine qui aurait mis fin à mes jours.

J'ai aussi failli mourir de froid dans la banlieue de Lille : je m'étais échappé d'une soirée de Nouvel An, j'avais couru puis marché pendant des kilomètres dans le noir le long d'une nationale, il faisait un froid d'Ukraine, de Roumanie Inférieure, j'avais fini par m'effondrer dans la neige d'un fossé, en tee-shirt. Je m'étais réveillé plusieurs heures plus tard, bleu.

Enfin (pour l'instant), j'ai failli mourir dans un bar du XVIIe arrondissement le Soleil, une autre nuit de Nouvel An (il convient apparemment de se méfier du Nouvel An comme de la peste). La salle était encore pleine, peu avant l'aube, quand j'ai perçu derrière moi des éclats de voix et du remue-ménage : « T'es mort, je te jure, t'es mort ! » À ma grande surprise, nous n'étions plus que trois dans la salle – soixante personnes avaient été instantanément déplacées de l'autre côté des baies vitrées, dans la rue. Un gros type que je ne connaissais pas, très ébouriffé, tomate, les yeux qui sortaient de la tête, braquait un revolver sur un autre type que je ne connaissais pas (et que je ne voyais que de dos mais qui, quoique bien coiffé, devait avoir aussi les yeux qui sortaient de la tête). Le problème, en ce qui me concernait, c'est que nous étions parfaitement alignés (« Pour savoir si trois points sont alignés, tracer une droite du premier au troisième (du meurtrier en puissance à l'innocent fragile qui ne devrait pas se trouver là) et s'assurer qu'elle passe par celui du milieu – Très bien, Voltaire. ») J'étais dans la ligne de mire du déséquilibré qui tremblait en tenant son arme à deux mains. Quel concours de circonstances défavorables, quelle concentration géographique de poisse avait-il fallu pour que non seulement je sois le seul de tout le bar à ne pas m'apercevoir que la poudre allait parler d'une seconde à l'autre, mais qu'en plus je me trouve pile au seul endroit dont je ne pouvais pas bouger ? Car si je tentais maintenant une course vers la porte, ou même un plongeon sur le côté avec roulé-boulé (à la Arsène Lu… à la James Bond), le tireur tendu comme un arc et bourré comme un coing allait faire feu par réflexe et me trouer la peau, injustement. Mais si je restais là sans bouger… Car le tireur, ça ne faisait guère de doute, allait tirer. (Il avait dans les yeux le voile mort de ceux qui ont perdu la boule.) Je me suis surpris à espérer qu'il tue l'autre. Si le visé, par malheur, avait la vivacité de l'écureuil et l'agilité du chat (on ne sait jamais – quand la poisse est là, c'est rarement pour dix secondes), je me prenais la balle en plein buffet. Ma seule chance était qu'il soit engourdi par la peur et que le dément l'abatte. En touchant un os, de préférence, pour freiner efficacement le projectile. J'en étais là de mes réflexions (« Tue-le ! »), quand le drame s'est véritablement noué : l'un des deux serveurs qui étaient restés derrière le bar a contourné le comptoir sur la pointe des pieds, furtif, et s'est glissé dans le dos du fauteur de troubles, à pas de puma. C'était le pompon. S'il lui sautait dessus, le coup allait partir aussi sec et n'importe comment, le pruneau d'acier louper sa cible et m'entrer dans l'œil gauche. Mais si je le fixais en écarquillant les yeux d'horreur, ou si je criais : « Ne fais pas ça, Fred ! », le fauteur de troubles allait pivoter sur lui-même et faire voler en éclats la boîte crânienne d'un homme sympathique, drôle, et père de famille. Il ne me restait qu'une ou deux secondes pour procéder à un petit bilan de ma vie, rien ne m'est venu à l'esprit, Fred a percuté le type par-derrière, l'a envoyé s'étaler par terre comme un sac de linge et lui est tombé dessus pour lui arracher son arme. C'était fini.

J'ai souvent failli mourir dans des bars, je remarque. Méfiance, à l'avenir.

J'avais donc depuis quelque temps, depuis en fait ma rencontre avec Oum, la conviction que je ne trépasserais pas un couteau dans la gorge ou une balle dans l'œil, j'avais même le pressentiment, peu rationnel il est vrai, que je ne disparaîtrais pas dans un accident, de voiture ou d'avion, je m'étais familiarisé avec la perspective du cancer ou de l'infarctus (la mort déjà dans l'âme, naturellement, mais avec cette sérénité relative que procure la connaissance de ce qui nous attend – une crise cardiaque, en particulier, m'aurait parfaitement convenu : deux minutes de souffrance (qu'est-ce que c'est ?) et tout s'arrête d'un coup, ça ne manque pas d'élégance, coupez, je ne suis plus là). Mais voilà, répétons-le : on ne sait jamais. Si quelqu'un m'avait assuré (un sorcier aux dons phénoménaux, hérités de la pure source de son papa, qui jamais ne se trompe) que j'allais finir ma vie en short sur une plage bordée par la forêt, j'aurais bien rigolé. Enfin, pas sûr, car cela peut malgré tout mettre mal à l'aise, mais je lui aurai tapoté l'épaule, à Professeur Baba Komalamine, et je serais allé m'envoyer une bonne bière fraîche en froissant dans ma poche sa petite carte de visite.

À présent, en me remémorant toutes ces fois où j'avais « failli » mourir, mes peurs d'alors me paraissaient bien dérisoires – car je n'étais pas mort, simplement.

Tentative de record

Il est dommage qu'on ne puisse ni voir ni attraper le vent, car aujourd'hui, quand je le sens passer l'air de rien sur ma peau, j'ai envie de le massacrer (je peux toujours me brosser) : cet après-midi-là sur la plage, il s'est soudain tourné contre nous avec autant de férocité et de malveillance, semblait-il, qu'un nazi invisible. Il voulait nous tuer tous. Au moment où il s'est mis à souffler pile dans notre direction, en s'intensifiant de manière extravagante et en relançant vers nous les flammes et la fumée, une onde de paralysie a balayé la plage. Quelques secondes de stupeur brûlante. Un mur de feu avance. Et quand peu à peu les corps se sont remis à bouger, à errer ou trépigner, à vaciller de droite à gauche comme s'ils clignotaient, sur leur fin, l'une des dernières couches d'espoir avait disparu. Oum et Géo, pharaons en déroute sous leurs serviettes trempées, se serraient l'un contre l'autre. Je sentais la panique me liquéfier le sang. Un mur de feu avance, vite. Quelques femmes ont crié (« No ! No ! »), aussitôt imitées par leurs enfants hoquetants. L'Italien dégarni au tee-shirt à tête de loutre s'est placé spontanément entre sa famille et l'imposante vague de feu qui se déployait maintenant à moins de deux cents mètres de nous, l'air songeur mais encore stoïque, semblant prêt à s'interposer au moment de l'assaut. Près d'eux, l'homme dont j'avais croisé le regard et les pensées un instant plus tôt avait rejoint sa femme et leurs deux garçons qui pleuraient, et les touchait maladroitement, décomposé, comme s'il tentait de les réveiller d'un cauchemar dont il faisait partie lui-même. Partout autour de nous, les gens lâchaient prise. Oum perdait son regard. Géo, électrisé par la terreur, gigotait sur place. Je me désincarnais sur le sable. Je n'avais plus que de l'eau rose dans les veines.

Avec le vent et l'onde de chaleur crépitante, s'est répandue sur nous une forte odeur de bois brûlé, de résine et d'herbes grillées, la bonne odeur qui met l'eau à la bouche quand on passe devant certaines maisons en été, à l'heure de l'apéritif, celle qui annonce le barbecue.

Tous ceux qui en avaient emporté se recouvraient la tête de leur serviette, après être allés la mouiller dans les premières vaguelettes chaudes. Deux femmes entre deux âges, coiffées d'éponge, sont tombées dans les bras l'une de l'autre. J'ai pensé à Ana Upla. Un vieil homme se frappait la tempe du plat de la main. Ana Upla flambait. On sentait que la folie n'allait pas tarder à s'emparer de tous les prisonniers en surrégime. (Quand on ne peut plus rien faire d'autre, on explose.) Le sauveur en short rose, qui restait remarquablement sobre, était très entouré : de plus en plus de désemparés venaient à lui pour lui demander des conseils, et repartaient visiblement peu réconfortés (son assistante rousse et dodue semblait se demander ce qu'il leur fallait) pour rejoindre leur emplacement d'origine, n'importe où dans notre enclos de sable (mais c'était leur place). De nouveaux petits groupes se sont échappés par le chemin de la Vierge, pour mourir un peu plus loin.

À deux pas de nous (il nous avait apparemment élus repère le plus rassurant, les Français étant tout de même autrement plus sensés et civilisés que ces hâbleurs d'Italiens et ces rustauds d'Allemands (s'il avait su que je m'appelais Voltaire, il agripperait à deux mains mon élégant pantacourt et ne me lâcherait plus)), sir Edward, dont la villa somptueuse n'était plus qu'une grosse bûche, a fait alors quelque chose de tout à fait idiot, quoique tout à fait logique pour un enfant de quatre ans : il a sorti son portable de la poche de sa veste de lin, et a appelé les pompiers (mais c'est bien sûr, comment n'y avons-nous pas songé plus tôt ?) – je le sais parce qu'il m'a lancé un regard entendu après avoir composé le numéro, et a murmuré « Firemen… » en soulignant le message d'un petit hochement de tête (heureusement que nous sommes là, Européens de l'Ouest, pour penser aux astuces qui sauvent). Il a ensuite attendu une bonne minute, les yeux dans le vide et l'oreille collée à sa bouée téléphonique, les sourcils douloureusement froncés (pourvu qu'ils décrochent, pourvu qu'ils décrochent), puis il a dû se résoudre à appuyer sur le maudit bouton rouge, et m'a transmis l'info sans un mot, en pinçant les lèvres et en secouant lentement la tête (nous aurons tenté ce que nous pouvions, Volty).

Le pauvre homme avait manifestement pété un plomb.

D'un autre côté, si on ne téléphone pas aux pompiers quand il y a le feu, qu'est-ce qu'on fait ? (C'est la question, justement.) Mais enfin là, étant donné qu'un simple coup d'œil à la fumée qui s'élevait de partout dans le ciel, depuis des heures, permettait de supposer que des milliers d'hectares brûlaient et que la région entière n'était que fureur et hurlements, il fallait qu'il ait vraiment la raison en miettes pour envisager d'alerter la standardiste.

Deux jeunes gens d'une vingtaine d'années se sont soudain mis à courir comme des diables vers la partie de la plage qu'on ne distinguait plus dans le brouillard noir. Des centaines de têtes se sont tournées vers eux, pensant d'abord qu'ils avaient oublié quelque chose ou quelqu'un, mais comprenant vite ce qu'ils voulaient en les voyant s'emparer de l'un des pédalos qui commençaient à disparaître dans la fumée, loin là-bas. Tout le monde s'est dit la même chose (c'est peut-être une bonne idée – ça semble être la seule, en tout cas – et s'ils réussissent à prendre le large, il reste trois pédalos pour près de mille personnes, ça va être juste (même en appliquant au mieux les lois antiques de la pyramide) : il serait peut-être bon de réserver sa place tout de suite), certains ont même démarré en fusée, mais se sont arrêtés après quelques foulées – pour ne pas avoir l'air de sales types qui veulent s'en tirer à tout prix aux dépens des autres (même si l'image qu'on donne de soi n'est pas une priorité dans les derniers rounds du combat pour la vie), ou plus certainement parce qu'ils sentaient que

146

l'entreprise était vouée à l'échec (les conditions n'étaient pas parfaites : la mer était à présent presque entièrement recouverte de mort opaque), et préféraient laisser les éclaireurs éclairer. Quelques-uns se sont tout de même avancés discrètement, se décalant vers les pédalos restants en ayant l'air de penser à autre chose, comme s'ils se promenaient (ça me fera du bien).

Devant un public attentif, les deux malins pleins de force et de vie ont tiré le pédalo sur le sable pour l'éloigner le plus possible de la fumée et augmenter leurs chances une fois sur mer, mais, réalisant qu'ils risquaient d'y laisser toute leur énergie avant même le départ du long périple qui les attendait, ils ont assez rapidement obliqué pour le pousser à l'eau, grimper dessus et se mettre à pédaler déchaînés. Tous les simplets restés sur la plage s'en voulaient de ne pas avoir eu l'idée avant eux, mais en même temps, voyaient bien que ça n'allait pas être facile : la fumée noire s'étendait sur la mer en diagonale, il leur faudrait la longer pour espérer pouvoir contourner la longue avancée de terre à la base de laquelle nous nous trouvions (et partir ensuite vers… quelque part). Mais le temps qu'ils atteignent la porte encore dégagée (c'est terrible, le pédalo, on se défonce comme un Armstrong devenu dingue et on avance centimètre par centimètre), la fumée aurait sans doute bien progressé et les engloutirait. C'est d'ailleurs arrivé plus tôt que prévu.

Alors qu'ils étaient à une centaine de mètres du rivage, et essayaient frénétiquement de s'en éloigner davantage tout en bifurquant vers la pointe rocheuse et l'horizon clair, la frange du gros nuage mortel a commencé à leur lécher les oreilles. Ils ont sèchement augmenté le rythme en se pliant en deux, le front dans un guidon imaginaire, mais ils ne pouvaient plus se décoller de la masse noire qui caressait sa proie. De loin, nous les voyions se tourner l'un vers l'autre et probablement discuter affolés de ce qu'ils devaient faire maintenant (pas la peine de se casser la tête, à mon avis), ils ont encore furieusement forcé l'allure, héros désespérés seuls sur la mer, puis une rafale de vent a jeté la fumée sur eux et ils ont disparu.

Plus rien, comme s'ils avaient été avalés et aussitôt digérés par le monstre. Sur la plage, tout le monde retenait son souffle (eux aussi, bien obligés). Plus rien. On les imaginait continuant à pédaler à l'aveugle et sans respirer, perdus en enfer, détraqués et sauvages pour leurs derniers instants de vie.

Quinze secondes, vingt secondes, deux têtes noires sont apparues à la surface.

Ils sont revenus à la nage, lentement, et sont arrivés à quatre pattes sur le sable, hors d'haleine et vidés de toute force, le visage couvert de suie. Deux ramoneurs qui s'étaient jetés à l'eau pour fuir une dictature, et touchaient enfin une terre d'asile. Il se dégageait de ces corps valeureux et brisés quelque chose d'épique, mais aussi quelque chose d'un peu bête. Après avoir suscité l'envie ou l'admiration, puis l'inquiétude, ils récoltaient le fruit de leur échec : on sentait que leur retour au point de départ réjouissait un peu, dans les couches profondes et peu reluisantes, ceux qui n'avaient pas bougé (« Ah, vous avez voulu jouer aux petits futés, vous avez l'air fin, tiens, reprenez votre place »). Même dans la situation la plus critique possible, au fond du trou, on ne peut s'empêcher de se féliciter du malheur des autres, on creuse toujours plus bas en ricanant. Ils ont fini par se relever, avec peine, et sont retournés sur leur coin de sable, penauds, en évitant de croiser les regards.

Une fois l'émotion et le petit mépris passés, le groupe est revenu à sa détresse, et cet aller et retour pédalo-pathétique a pris toute sa vraie signification : il était dorénavant prouvé que la mer n'était pas une issue. La terre non plus, on le savait, et les airs, faute d'hélicoptères, ne serviraient de voie royale qu'à nos âmes.

La mort s'installait progressivement entre Géo, Oum et moi, mais nous n'en parlions pas encore. Pourtant, du moins en ce qui me concernait, elle ne se laissait plus ignorer, elle s'insinuait partout en moi, je ne contrôlais plus mes pensées, livré à elle. Je regardais ma femme, celle dont je partageais la vie depuis dix ans, chaque jour du matin au soir, celle que j'aimais comme l'huile aime le vinaigre, je la regardais cambrée dans sa robe légère, sa serviette ruisselante sur la tête, son visage rouge, ses yeux égarés cernés de blanc, et je me disais qu'elle allait disparaître, s'arrêter ici. Je la revoyais sous le soleil dans une rue de New York, acheter une boucle d'oreille en forme de toile d'araignée à une femme qui vendait quelques-uns de ses bijoux sur un tapis, assise devant chez elle (Oum dans sa robe courte à fines rayures rouges, bleues et blanches, au milieu des immeubles qui s'élevaient vers le ciel), je la revoyais dans la maison de Veules-les-Roses en hiver, se déshabiller juste devant la fenêtre de la chambre à neuf heures du matin, avant d'aller se coucher, pour que le vieux solitaire de la maison d'en face puisse se rincer l'œil, c'est inespéré, et se tripoter joyeusement quelques fois encore, je la revoyais tuméfiée au coin de la rue de La Jonquière et de la rue Gauthey, dans le XVIIe arrondissement, un œil violet, fermé, un hématome sur la joue, les lèvres fendues et gonflées (après une première semaine ensemble, elle était repartie vers le photographe avec qui elle vivait depuis quatre ans, chienne docile et lâche, je l'avais détestée, vomie, je m'étais juré de l'envoyer paître ou au mieux de l'ignorer si je la recroisais par hasard dans le quartier, et quand je m'étais cogné contre elle trois semaines plus tard en tournant dans la rue de La Jonquière, quand je l'avais vue dans cet état misérable, démolie par le photographe en colère, je n'avais d'abord ressenti que du dégoût et de la pitié froide, j'avais pensé : « Bien fait pour ta gueule, pauvre fille », avec l'intention sincère de passer mon chemin et de la laisser sombrer dans sa vase, heureux même d'avoir par chance une si belle occasion de lui montrer mon indifférence, mais en une seconde ou deux, il s'était produit quelque chose que je n'avais pas maîtrisé, une décision involontaire à l'intérieur, et je m'étais entendu lui proposer d'aller boire un verre au Saxo Bar pour qu'elle me raconte ce qui s'était passé – c'est cet instant de déséquilibre, ce basculement intime au coin d'une rue, qui a décidé de toute ma vie ; un petit élan kamikaze incontrôlable), je la revoyais hurler en accouchant, héroïque et fragile, et je me disais qu'elle allait s'arrêter ici. Je regardais mon fils, qui allait lui aussi s'arrêter ici. À sept ans, sans avoir appris la multiplication, dormi sous une tente, sans avoir bu de whisky, touché une fille, mangé seul devant la télé, écrit une lettre, pris un café dans une station-service d'autoroute, assisté à un match de boxe, acheté des croissants à l'aube. Je le revoyais courir après un lapin, aider la concierge à sortir les poubelles, sauter dans la piscine en se bouchant le nez, lire son premier Astérix, danser en Charlie Chaplin au spectacle de l'école, et voilà, c'était tout, il allait disparaître.

Je me revoyais sortir de la maternité une heure après sa naissance, pendant qu'Oum était encore dans les pommes, entrer dans le café d'en face, marcher droit vers le comptoir, euphorique et hagard comme si c'était moi qui venais d'accoucher, et demander un double whisky, n'importe lequel – ils n'avaient que de mauvais tord-boyaux de base. J'avais descendu le verre d'un coup, plein de vie légère, les pieds à dix centimètres du sol et deux personnes dans la tête (une grande blonde évanouie, un petit ensanglanté) : j'avais eu l'impression de ne boire que de l'eau. J'en avais commandé un autre, toujours aussi insipide et faible. Déçu de ne pas pouvoir célébrer à peu près dignement la naissance de mon fils à cause d'un escroc, j'avais proposé au patron de le goûter, en lui faisant savoir que je trouvais assez minable de couper le whisky pour gagner quelques pièces de plus. Il n'avait pas apprécié l'accusation et, après s'être versé un fond de verre pour s'assurer tout de même qu'un de ses serveurs n'ajoutait pas au robinet ce qu'il avait pompé dans la bouteille, avait grogné que ce whisky était parfaitement normal, que j'avais certainement déjà beaucoup trop bu dans la journée pour sentir encore quoi que ce soit (l'air euphorique et hagard, c'est vrai que ça peut être trompeur), et que si je n'avais rien d'autre à faire chez lui, je pouvais me retourner et essayer de trouver la porte, au revoir. Le problème venait de mon système interne (après les décharges émotives que je venais de prendre dans le corps, les pauvres degrés d'alcool avaient autant d'effet sur moi qu'une piqûre de moustique sur saint Sébastien), mais ce n'était pas une raison pour s'emporter comme ça et me foutre dehors. Un type qui tient un bistrot en face d'une maternité et ne comprend pas qu'on l'accuse de couper son whisky n'a, c'est sûr, jamais eu d'enfant – ou n'a pas assisté à l'accouchement, qui c'est qui va tenir la boutique ? Mais la vexation d'être passé pour un ivrogne (on aura tout entendu) s'était dissipée dès le premier pas sur le trottoir, et j'étais reparti trottinant vers le septième étage de la clinique Leonard de Vinci, où m'attendaient la grande blonde évanouie et le petit ensanglanté. Aujourd'hui, si peu de temps après, nous allions tous les trois disparaître.

Quelques mois plus tôt, j'avais contracté une assurance décès (je cotisais jusqu'alors pour une assurance vie, mais c'est ridicule, une assurance vie (même si le nom est plus agréable, ça ne fait pas tout, le nom) : je payais trente euros par mois, et en cas de malheur disons dix ans plus tard, ma femme et mon fils encaissaient, entre deux sanglots, trois mille six cents euros (de quoi s'offrir un bon repas à la pizzeria pour oublier (chianti classico, allez hop), et voir venir au moins deux semaines – largement le temps de se retourner)). En signant les papiers dans le bureau de la directrice de la banque, je m'étais senti à la fois terrassé par la prévision officielle de ma mort – et la prise de conscience que la prochaine fois que quelqu'un toucherait ces feuilles, je serais froid et dur sous un drap – et profondément soulagé : Oum et Géo toucheraient cent mille euros si je mourais, et même deux cent mille si ma fin tragique résultait d'un accident (c'est-à-dire de « toute atteinte corporelle non intentionnelle de la part de l'assuré et provenant de l'action soudaine et imprévisible d'une cause extérieure » – ce n'est pas rassurant, cette formulation, ça incite à ouvrir l'œil), voire trois cent mille euros s'il s'agissait d'un accident de la circulation (ce qui est appréciable, mais laisse perplexe (perplexe et mort, le fiasco) : on rapporte cent mille euros de moins si on prend une météorite sur la tête (dans le genre soudain et imprévisible, c'est irréprochable) que si on se fait renverser par une Smart). En tout cas, ils auraient de quoi s'acheter une petite pizzeria (fiston au four, maman en salle – et l'amant de maman à la caisse), ce qui leur permettrait de continuer à vivre à peu près correctement sans moi – même si bien sûr ce serait une torture de chaque jour.

Une simple signature sur un coin de bureau, un après-midi de printemps, m'ôtait un lourd fardeau du cœur (car mourir, ce n'est déjà pas drôle, mais alors penser qu'on va mourir en laissant ceux qu'on aime dans le chagrin ET la misère, c'est le cafard). En reprenant le métro vers chez nous, mi-terrassé mi-soulagé, mi-âne mort mi-léger, j'ai lu plus attentivement les « exclusions » qui annulaient tout, pour être sûr de ne pas m'être fait rouler (si l'écrasement par une voiture de marque étrangère ne donne droit à rien, par exemple, je finis dans la farine). Le suicide, bon, ça ne risquait pas. L'utilisation d'appareils aériens (sauf d'un avion muni d'un certificat de navigabilité et dont le pilote possède une licence non périmée – encore heureux), ça n'avait rien de très embêtant non plus : l'ULM, le deltaplane, le parachute ou les grandes ailes en contreplaqué fixées aux bras par des lanières de cuir, ce n'était pas dans mes projets. Les sports de combat, le bobsleigh, le rafting, le ski acrobatique et la cascade, non, ça ne me tentait pas (le type qui prend une assurance décès et qui meurt dans un accident de bobsleigh, c'est qu'il n'a vraiment pas de chance). Les faits de guerre, les insurrections, les émeutes, les actes de terrorisme auxquels je prends une part active, j'allais essayer d'éviter (du gâteau). Les rixes. Certes, il y a toujours risque de rixe. Mais le contrat précisait : « Sauf les cas de légitime défense, d'assistance à personne en danger ou d'accomplissement du devoir professionnel. » Il me suffirait donc de ne pas me jeter sauvagement et sans raison sur quelqu'un pour le tuer (on doit pouvoir se retenir), de me contenter de répondre à une éventuelle et injuste attaque, de porter courageusement secours à autrui ou d'accomplir mon devoir professionnel (mais j'étais rédacteur dans un journal pour fillettes, ça limite les possibilités d'engager un combat sanglant), et ainsi, si la rixe tournait à mon désavantage et conduisait à ma mort (probable, car je suis nul en bagarre), à moi le pactole. À Oum et Géo, du moins. Enfin, il y avait une dernière cause de non-versement du capital, qui ne me concernait en rien (ce n'est vraiment pas mon genre), mais qui m'avait amusé – et ému : « Toute tentative de record. » Car dans ce contexte, et sous cette formulation sèche et sans pitié, « tentative » suggérait clairement que ça n'avait pas donné le résultat espéré. L'assuré, brave homme que la vie n'avait pas suffisamment mis en valeur jusque-là, a tenté de battre un record (manger cent poireaux), il a échoué, il est mort, et sa famille n'a droit à rien.

Je m'étais donc senti délivré d'un poids dans le métro, avec l'impression d'avoir fait ce qui fluidifierait ma vie jusqu'à son terme (adieu cafard), mais finalement, cette signature si importante ne m'était d'aucune aide. J'allais mourir sur cette plage italienne, j'allais surtout mourir en bonne et due forme (un incendie qui dévaste toute la région au milieu de laquelle on est retenu prisonnier a, de manière indiscutable, un côté imprévisible, extérieur et soudain – on est loin du bobsleigh ou du concours de poireaux), mais ça ne servirait à rien. Ma conjointe et mon descendant partant dans la même charrette, qui bénéficierait des deux cent mille euros ? Mes parents ? Ça leur ferait sûrement très plaisir, tiens. (« Madame, Monsieur, c'est votre jour de chance ! Un incroyable concours de circonstances ! Ils sont tous morts ! »)

I like boobs

La fébrilité augmentait avec la température, et l'odeur aigre de la peur générale, mêlée à la sueur, avec celle du bois brûlé. Les yeux se plissaient et rougissaient, de l'écume blanche séchait au coin des lèvres, les souffles se faisaient plus courts, plus bruyants, ça toussait de tous les côtés. Les hommes n'avaient plus le courage ou la volonté de se comporter comme si de rien n'était pour calmer leur famille, ils semblaient surpris, comprenant que leur expérience et leur force de père ne leur serviraient à rien, et considéraient le feu envahissant en prenant des poses peu naturelles, les mains sur les hanches ou les bras ballants. Les femmes enlevaient leur tee-shirt, se signaient, se tenaient la tête, s'approchaient de l'eau avec leurs enfants. Oum me voyait de moins en moins, elle s'isolait, elle s'absentait (cet éloignement vers l'intérieur me rappelait l'accouchement, quand j'étais près d'elle mais que ça ne comptait plus : elle était seule avec la douleur et l'angoisse, dans un monde où je n'existais plus, même les cris insensés du médecin en tablier de boucher ne parvenaient plus jusqu'à elle), elle tenait Géo par l'épaule et regardait droit devant elle, rien. Un petit groupe s'était formé peu à peu autour de la statue de la Vierge, sans doute pour prier. La plupart des enfants pleuraient. Géo, de plus en plus tendu et agité, s'était mis à murmurer en se balançant d'un pied sur l'autre. Quand il a haussé la voix, comme dans le noir pour se donner de l'aplomb, j'ai compris qu'il chantait. Il se raccrochait à un air familier, encore un truc d'Eminem : « I like boobs, boobs, boobs ! » Je me suis mis à la place de nos voisins qui l'entendaient et ne savaient pas que ce n'étaient pour lui que des onomatopées. Entouré de femmes en maillot de bain et de flammes dantesques, il répétait d'un ton enjoué qu'il aimait les nichons. « Quel plaisir, mesdames, d'être en si bonne compagnie, I like boobs, boobs, boobs ! » Un couple, près de nous, qui comprenait apparemment l'anglais, restait pantois (ce jeune type est de la trempe des James Bond). (Ça vient de son père, en fait.)

Plusieurs personnes ont poussé un cri en même temps. « Oh ! » Certaines ont levé les bras. Tournées vers l'horizon. Un grand bateau blanc venait d'apparaître au large. Il semblait avoir arrêté ses moteurs, attendant ou préparant quelque chose. C'était l'un des ferries qui effectuaient chaque jour la liaison avec les îles Tremiti, pour des centaines de touristes.

Sans réfléchir, les trois quarts des condamnés se sont mis à agiter bras et mains au-dessus de leur tête en appelant vers la mer, de grands gestes de naufragés qui reprennent espoir. Comme si l'équipage et les passagers ne nous avaient pas vus. Comme s'ils allaient prendre le risque de s'approcher de nous. Et très vite, tout le monde a compris qu'ils ne nous sauveraient pas (ils avaient dû faire monter à bord, au port de Vieste, qui se trouvait à quelques kilomètres à l'est, tous ceux qu'ils pouvaient, pour les mettre à l'abri au cas plus que probable où le feu les atteindrait), tout le monde a compris qu'ils avaient ralenti seulement pour regarder. Mais même lorsque le sanctuaire flottant, inaccessible, a repris lentement sa route contre le vent, certainement pour aller déposer sa cargaison humaine quelque part avant le point de départ de l'incendie, où les heureux épargnés ne risqueraient plus rien, certains ont continué à battre l'air des bras, en criant plus fort et en sautant sur place. C'était ridicule et déchirant.

J'ai pensé aux passagers du bateau, qui nous observaient de loin. Un pauvre troupeau d'humains coincé sur une plage rongée par le feu, des mortels minuscules et presque nus qui appellent désespérément au secours, de grandes flammes derrière eux, tout près. Ils devaient nous plaindre.

Un journal national, deux jours plus tard, a publié une photo satellite de cette région de l'Italie, prise cet après-midi-là, sous le titre : « Il sud in fiamme, terrore e morte ». Je l'ai fixée longtemps, sur le lit de la chambre d'hôtel. Vu du ciel, on ne distinguait plus toute une moitié de la péninsule du Gargano, près de trente kilomètres, noire et grise, embrasée, entièrement recouverte, étouffée par la fumée. Nous étions quelque part là-dedans.

« I like boobs, boobs, boobs. »

L'heure fixe

Les gens ont tous éclaté en même temps. Les flammes étaient trop proches, trop hautes (pour en avoir une idée, il suffit de penser qu'une flamme est toujours deux ou trois fois plus haute que ce qu'elle brûle (une bûche, une mèche de bougie) et que celles-ci brûlaient de grands pins), la fumée arrivait jusqu'à nous, il devenait impossible de respirer normalement, on crachait du noir cendreux, les cœurs battaient trop vite, les peaux chauffaient trop, le feu était là. Un puissant coup de vent dans notre direction a fait sauter les dernières coutures. Tout a éclaté, comme une pastèque dans un étau. Les femmes s'effondraient sur le sable en hurlant, se prenaient la tête à deux mains ou levaient les bras au ciel, les enfants, paradoxalement moins expressifs, les considéraient stupéfiés, les hommes devenaient fous. Celui qui aimait les loutres, je suppose, et paraissait si fort et stable plus tôt, est soudain tombé à genoux face à la Vierge et s'est mis à prier en italien. D'autres l'ont aussitôt imité, tombaient à genoux partout autour de nous comme des figurines dans un stand de tir – un murmure implorant dans toutes les langues s'élevait vers la statue. Ce n'était pas idéal pour renforcer le moral. (En voyant cette petite Vierge, évidemment impassible (un autre genre de miracle était prioritaire), j'ai pensé à la jeune femme qu'elle avait été : il semblait clair qu'elle avait cédé, à seize ans, à un garçon du voisinage, ce qu'on ne peut pas lui reprocher, et avait eu le génie ou la naïveté d'inventer la fable la plus invraisemblable possible pour embrouiller et calmer le vieux Joseph. Et c'était la source du christianisme. L'envie, le sexe, la tromperie, le mensonge, avaient engendré un océan de pureté, d'amour, de confiance. (Du moins en théorie, bien sûr – une volonté d'océan d'amour.) Et deux mille ans plus tard, tous ici se tournaient vers elle, l'adolescente fautive.) Ça priait maintenant de toutes parts, comme si c'était enfin l'idée, la solution qu'on cherchait depuis des heures. (Mais même en supposant que la Vierge n'ait pas menti, qu'elle soit bien la mère du fils de Dieu (on ne sait jamais), que pouvait-elle faire ? Nous ouvrir la mer ?) Sir Edward, figé, pivoine, reniflait bruyamment et inondait de larmes son costume clair, en effigie du monde occidental qui s'écroule. La grosse femme blonde remplie de saucisses zigzaguait en poussant de petits gémissements de cochon terrifié (chacun son tour). Des groupes partaient en courant vers le chemin qui s'enfonçait entre les arbres au-delà de la statue. Nous, non. J'ai cherché des yeux la femme enceinte, en vain. Je ne reconnaissais quasiment plus personne. Ils étaient défigurés. Ou quelque chose s'était détraqué dans mon esprit. Je me suis aperçu que je tenais Oum et Géo dans mes bras. Je me suis retourné pour voir si j'apercevais notre berger, le

Jésus caramel en short rose. J'ai eu du mal à le remettre, lui aussi, mais j'ai fini par comprendre que le type en crise qui tournait en rond et roulait des yeux de bête traquée en beuglant férocement contre tous ceux qui venaient lui poser des questions, c'était lui. Il n'avait plus rien de Jésus, il avait baissé les bras et tourbillonnait comme un cinglé (pas du tout le genre de Jésus, au contraire). Le chef de camp, celui qui avait survécu sans problème à tant de petits incendies, celui qui savait tout. Son assistante, Edna la rousse, qui s'était éloignée de lui de quelques pas, le regardait sans y croire, horrifiée de trouver sous le beau masque de cuir de son maître la face défaite d'un petit homme qui sent la mort. Moi aussi, Voltaire le grisonnant, je le regardais sans y croire. Je me suis senti comme les enfants autour de moi qui voyaient leur père céder à la panique. Plus personne ne pouvait nous aider, maintenant.

Géo ne disait plus rien. Il avait compris que ce n'était plus la peine de demander si on était sauvés. Il paraissait même presque calme, dans l'hystérie ambiante. À sept ans, il était peut-être en train d'accepter l'idée de sa mort. Au fond de lui, il devait se désintégrer, mais son courage m'impressionnait et me serrait la gorge. Je touchais son bras, son épaule, et je ne savais pas quoi lui dire. D'une main faible, Oum lui caressait nerveusement la tête à travers la serviette en le regardant comme s'il allait s'évaporer d'un instant à l'autre, puis tournait vers moi des yeux terrorisés, des yeux grands ouverts et terrorisés. Je ne savais plus quoi dire ni quoi faire. Il n'y avait rien à faire. Je lui ai dit que je l'aimais, elle a répondu la même chose, et Géo s'est collé contre nous :

– Moi aussi.

Au bout de quelques secondes, nous nous sommes détachés, pour ne pas avoir l'impression d'attendre la fin comme ça.

Les espaces diminuaient entre nous tous, les nombreux corps chauds se frôlaient, car les flammes attaquaient la seconde moitié des arbres qui bordaient la plage, et la fumée ne laissait plus qu'une centaine de mètres encore respirables. J'essayais encore une fois d'évaluer le temps qu'il nous restait. Dix minutes ? Une demi-heure ? J'ai fait deux pas vers la statue de la Vierge, pour qu'Oum et Géo ne m'entendent pas, et j'ai murmuré des mots dont je ne me souviens pas – mais ce qui est sûr, c'est que je lui ai parlé. Moi qui ne croyais plus en Dieu depuis mes dix ans (et même à ce moment-là, en lui parlant, je n'y croyais pas – ce qui rendait forcément mes prières encore plus troublantes, et leur donnait une valeur incomparable), je me suis entendu m'adresser le plus sérieusement du monde à une statue. Je me rappelle avoir promis quelque chose si on s'en sortait, mais je ne sais plus quoi.

Plus tard, j'ai oublié de revenir voir à cet endroit de la plage entièrement dévastée si la statue avait à peu près bien résisté au feu qui lui était passé dessus.

Il fallait entrer dans l'eau, maintenant, ou nous allions griller sans avoir bougé. Oum et Géo (les autres n'existaient plus) suffoquaient, écarlates. Il me semblait entendre grésiller la peau de mon visage, que je m'imaginais comme le dessus d'une crème brûlée. Mieux valait finir intoxiqués. Oum a sorti du sac de toile orange le bas de son maillot de bain, prévoyant peut-être contre toute raison une longue traversée à la nage – qui n'était pas plus envisageable pour nous qu'un long voyage aérien, bras écartés et jambes jointes, loopings. Sous sa robe courte, elle ne portait qu'une petite culotte de dentelle, qui ne devait pas lui paraître adéquate pour des heures de natation. En maillot, au moins, elle serait à l'aise (quand l'esprit se désorganise, il cherche ses bases). Elle a relevé sa robe sur ses hanches, et s'est penchée en avant pour baisser sa culotte. Comme dans les avions en chute libre, la pudeur (qui, au passage, n'avait jamais étouffé Oum) n'avait plus rien à faire ici. Tous ces culs, ces seins, ces bites, ne valaient plus rien : ils n'existeraient plus dans peu de temps. Et pourtant, en vérifiant derrière elle par réflexe (ça ne change pas, un homme, je crois que c'est Johnny Hallyday qui disait ça), je suis tombé sur le père de famille flanchant dont j'avais tout à l'heure absorbé les craintes du regard. Pendant que sa femme et ses enfants s'écroulaient près de lui, il fixait le cul d'Oum. Métamorphosé deux secondes entre parenthèses, une clarté lubrique sur le visage, une lueur animale (bouc, babouin) dans les yeux, il s'était arraché un instant à l'épouvante et rêvait en regardant le cul d'Oum. Et sa chatte, car elle se penchait bien en avant. Je me suis mis à sa place (mon frère), je ne pouvais pas lui en vouloir. Sa réaction m'a même fait plaisir, et remué. La force déconcertante de l'être humain, qui trouve les ressources, sans même le vouloir, pour s'émouvoir du cul d'une fille à l'approche de la mort. L'insouciance invincible.

Son maillot enfilé, Oum a baissé sa robe et l'heureux homme a replongé dans le drame – j'imagine, car je ne faisais plus attention à lui. Puis nous sommes entrés dans l'eau en nous tenant la main, sans savoir où nous allions. Nous n'étions pas les seuls, je me souviens de mouvements sur les côtés, d'autres avançaient aussi, mais je ne les voyais pas. Je n'osais plus regarder Géo entre nous, dont je broyais la main, mon courage se limitait au visage d'Oum, sur lequel pour la première fois je découvrais la vraie peur, pure, absolue. Pourtant, Oum était une fille très dure, que peu de choses troublaient, une fille solitaire et froide, sans un souffle de sentimentalisme en elle – et en même temps (je me rendais compte que c'était pour cela que je l'aimais, que c'était pour cela du moins, car je ne pense pas qu'on aime les gens pour quelque chose, qu'elle m'avait tant troublé au début, désarmé, et qu'elle continuait à me fasciner), une fille dure et froide, et en même temps une fille fragile, volatile, qui pouvait à tout moment se laisser emporter par ses nerfs (des « nerfs crus et tendres », a écrit Fitzgerald, qui n'était pas un manchot). Ces nerfs qui venaient de lâcher, ces nerfs tendres et crus, allaient maintenant disparaître avec elle. Pauvres nerfs, pauvre Oum. Terminé, fini. J'allais la perdre, nous allions nous perdre, et je me demandais en la voyant s'effacer, entrer dans l'eau, comment j'avais pu tant lui en vouloir, depuis dix ans, pour des bêtises, pour des torts aussi négligeables, comment nous avions pu nous battre à hurler pour des questions aussi anodines que la place d'un meuble, un coup de téléphone ou une porte qui doit rester entrouverte. Ses défauts (innombrables) ne m'apparaissaient à présent pas plus importants que les ongles de pied de Mozart.

Quelques jours avant de partir en Italie, j'étais resté deux heures quarante-cinq (montre sous le nez) sur le canapé du salon après le repas, à l'attendre pour lancer le DVD de je ne sais plus quel film. Elle était dans la cuisine de quatre mètres carrés, comme tous les soirs, et pour mettre assiettes et couverts dans le lave-vaisselle, récurer l'évier, le plan de travail et ranger soigneusement tout ce qui se range, il lui avait fallu deux heures quarante-cinq. Nous en parlions depuis dix ans, nous nous étions plus de mille fois disputés à propos du temps que sa maniaquerie craintive l'obligeait à passer sur chacune des tâches qu'elle s'assignait, mais rien ne changeait, elle ne voulait s'en épargner aucune (au fil des années, elle avait fini par m'interdire de toucher à quoi que ce soit) et ne pouvait en « bâcler » (nettoyer la baignoire en moins de deux heures, passer l'aspirateur dans la petite chambre en moins de trois quarts d'heure) aucune. Vers une heure du matin – nous avions fini de manger à dix heures et demie –, j'ai commencé à m'agiter, à avoir chaud, à dérailler, à sentir en tremblant que je n'allais pas pouvoir m'empêcher de faire ce qu'il ne fallait, je le savais, jamais faire : lui demander gentiment si elle en avait pour longtemps. J'essayais de me contrôler mais je n'y arrivais pas, l'impatience et la colère (dix ans de lutte pour rien, ça frustre) me rongeaient le cerveau, je perdais toute maîtrise, je me suis levé les mâchoires serrées, j'ai marché jusqu'à la cuisine en respirant normalement, ouvert la porte et demandé gentiment si elle en avait pour longtemps. Bien sûr, elle a tourné vers moi deux yeux de possédée, se serait enfoncé un crucifix entre les jambes si elle en avait eu un et m'a ordonné de lui foutre la paix. Rien de surprenant, ça m'apprendra à ne pas me retenir, c'est de ma faute. J'en avais conscience, mais en retournant m'asseoir (après avoir sifflé une cinglante réplique peu chrétienne), j'avais envie de lui donner un coup de gourdin sur la tête. Et quand elle est venue s'installer près de moi à une heure et quart, vibrante et excédée, sincèrement, je la haïssais.

Maintenant, j'avais devant moi la femme de ma vie en perdition. Quand on prend un peu de recul (quand on s'immerge dans l'Adriatique au milieu des flammes, par exemple), on se dit : « En fait, deux heures quarante-cinq sur un canapé devant la télé, qu'est-ce que c'est ? » La réponse est enfantine (les enfants aiment rester des heures devant la télé) : ce n'est rien du tout. C'est deux heures quarante-cinq sur un canapé (pas de quoi en faire un livre). C'est source de rage et de haine comme un ongle trop long de Mozart est source de suicide collectif. Comment ai-je pu être assez stupide (moi, Voltaire) pour lui en vouloir et la haïr ? J'aime Oum, et j'aime Mozart (mais moins qu'Oum – tocard, Mozart).

Et ce ventre que je vois entrer dans l'eau devant moi, juste devant moi, ce gros ventre qui me préoccupe depuis cinq ans (moi, Voltaire, un gros ventre ?), comment ai-je pu m'en soucier, passer des heures chaque jour à le maudire et à envisager sans y croire des moyens de m'en débarrasser, comment ai-je pu laisser mon âme, noble, pure, je le jure, se faire envahir par quelques kilos de trop ? Crétin. Quelques centaines d'euros de découvert à la banque ? Quelques milliers d'euros de découvert à la banque ? Et maintenant, crétin, je vais mourir. Ma femme va mourir, mon fils. Un pare-chocs abîmé sur une voiture de location ? Un bouton de (le drame) warnings ? Un 4 en maths de Géo ? (Pourtant, Géo est très fort en maths, mais le jour où il est sorti de l'école avec ce 4, je me suis inquiété – crétin.) Un de mes livres qui ne se vend pas assez ? Les bières et les whiskies qui ne sont pas bons pour mon foie ? Les cigarettes ? Ma position de plus en plus instable dans le journal pour fillettes ? Oum qui revoyait de temps en temps son ex, Hervé ? La façade de l'immeuble à rénover, et l'argent que ça allait coûter ? Le lave-vaisselle en panne ? Mes cheveux qui tombent, mon crâne qui se dégarnit (la fontanelle molle et fragile à nouveau dévoilée, menacée, après plus de quarante ans de sécurité et d'insouciance) ? Les crises de nerfs d'Oum ? Crétin. Je voyais mon gros ventre me précéder dans la mer, et j'avais l'impression de n'avoir jamais rien compris (jusqu'à maintenant – on dit qu'il n'est jamais trop tard, mais ce ne sont que des mots : parfois, si, il est trop tard).

Je regardais Oum, mon dernier repère, mal en point. Elle ne pensait plus à grand-chose et moi non plus, juste à la petite vie entre nous, qui s'accrochait à nos mains. Nous avons avancé dans l'eau jusqu'à la taille, les épaules pour Géo, et c'était fini. Je n'arrivais plus à réfléchir (pas grave, ça ne servirait à rien), ni à respirer. À cet instant, à la fin de cette course entamée le matin, seuls comptaient pour moi Oum et Géo, qui respiraient de plus en plus difficilement eux aussi, et pourtant je me sentais seul. À la fin comme au début. Quand j'avais un an, ma mère, qui devait travailler (elle était institutrice), m'avait placé dans la journée chez une nourrice, trouvée par chance – à cette époque-là, en banlieue, ça ne courait pas les rues bras ouverts, les nourrices. Au bout de dix mois, une voisine de la perle rare, qui passait chez elle de temps en temps l'après-midi, l'avait abordée dans l'entrée de l'immeuble, ma mère, pour courageusement l'alerter à mon sujet : pendant que les quatre ou cinq autres moutards que gardait la brave dame jouaient ensemble dans le salon, elle me laissait sur le pot du matin au soir, dans la salle de bains. Je n'étais pourtant pas un enfant difficile, ni même spécial, je ne sais pas pourquoi cette salope m'avait pris en grippe, mais chaque fois que la voisine venait lui rendre visite (un petit café ?), j'étais à l'écart dans la salle de bains, coincé sur le pot, à pleurer ou à regarder dans le vide. (Après ça, Oum s'étonne que je fasse un peu de manières pour tout ce qui concerne les toilettes.) Elle ne m'aimait pas, j'imagine – allez savoir pourquoi : je suis formidable, depuis petit. Dès que ma mère l'a su, elle m'a évidemment sorti de là (l'idéal aurait été qu'elle lui mette un bon coup de poing dans la gueule avant, m'emportant dans ses bras, de claquer définitivement sa porte, mais ma mère a toujours été philosophe et mesurée – moi, moins : si je croisais aujourd'hui

168

cette nauséabonde, je me ferais une joie de lui taper deux ou trois fois sur la tête, avec quelque chose de dur (d'un autre côté, j'espère qu'elle est morte depuis dix ou quinze ans, si possible dans des circonstances désagréables) – mais après tout, en m'isolant dix mois sur un pot loin des autres, influençant ainsi de façon irrémédiable la suite de ma vie, elle m'a peut-être rendu service. On ne sait pas, c'est compliqué.

Qu'on ait deux ans, quinze ou quarante, on a toujours ancrée en soi, de plus en plus profondément mais indestructible (un noyau qui devient de plus en plus petit et dense), l'impression irrationnelle que nos parents peuvent nous aider, tout résoudre, nous sortir des situations les plus graves. Ce sont les premiers et les derniers sauveurs. Prisonnier dans l'eau, au bout du parcours, cerné par le feu et la fumée, je ne pouvais plus me tourner que vers eux. Le noyau dense explosait, tout remontait en surface. J'avais besoin de leur parler, de leur expliquer ce qui se passait, de leur demander ce que je devais faire. De leur téléphoner, de les contacter par télépathie, n'importe quoi. Il fallait qu'ils sachent, qu'ils m'aident. Comme Géo, qui s'en remettait entièrement à nous (à tort), je pensais, je sentais, en dépit de mes quarante-trois ans et d'un cerveau normal, qu'ils pourraient tout débloquer s'ils étaient là – ou même simplement s'ils étaient au courant. Mais ils ne savaient pas, ils buvaient un thé sur leur terrasse (quatre heures plus tard, au journal télévisé du soir, dans leur salon, ils verraient les images d'un « effroyable incendie » à Peschici et se souviendraient sans vouloir y croire, mais si, que la première fois qu'ils avaient entendu le nom de cette petite ville, c'était lorsque nous leur avions dit où nous partions en vacances), ils n'étaient pas là. J'avais envie, bambin en danger, de crier leurs noms, là, dans la mer. Papa ! Maman ! On va être sauvés ? Je ne l'ai pas fait, je n'avais pas perdu complètement la raison. Je savais que je ne les reverrais pas. Et la dernière fois que nous nous étions croisés marquait une drôle de fin à la vie que nous avions passée, même à distance pour la seconde moitié, ensemble.

C'était quelques mois plus tôt, j'avais pris l'avion dans l'après-midi, laissant Oum et Géo à Paris, pour aller fêter l'anniversaire de ma sœur, Clarisse, qui vivait à Vaugines, dans le Luberon, où nos parents étaient également venus s'installer quatre ans auparavant, à cinq cents mètres de la grande maison qu'elle habitait avec son mari Marius et leurs trois enfants. Sans rien dire à Clarisse, Marius avait invité toutes sortes de gens qui avaient compté pour elle, des copines d'enfance, des amis de son époque célibataire, des hôtesses de l'air, qui arrivaient en début de soirée d'un peu partout en France, des voisins aussi. Puisque j'étais là, pour une nuit, content de voir Clarisse et de retrouver des traits familiers sur des visages perdus depuis vingt ans, j'en ai profité et n'ai pas lésiné sur les joies liquides que procure ce genre de réunion hétérogène d'outre-jeunesse. Il y avait beaucoup de choses à manger (de ce côté-là, j'ai été raisonnable) et beaucoup de choses à boire, j'ai trinqué avec beaucoup de gens ressurgis du passé puis, à partir d'une certaine heure, beaucoup avec moi-même (ou avec le fantôme de ma jeunesse). Je me souviens d'avoir discuté deux heures par terre avec Clarisse, et à un moment ou un autre, j'ai dû retrouver d'une manière ou d'une autre le chemin du seul hôtel du village, dans lequel mes parents avaient réservé une chambre pour moi, car lorsque des voix m'ont réveillé, j'avais le nez enfoncé dans un gros oreiller blanc. Ça parlait fort dans le couloir, des employés semblait-il, mais je ne comprenais rien à ce qui se disait (il est presque impossible pour une oreille classique, a fortiori de bois, de décrypter les paroles émises dans un rayon de soixante kilomètres autour de Marseille – ils se comprennent entre eux, c'est le principal, comme les dauphins, mais pour l'étranger de passage, c'est handicapant). J'ai réussi à poser la main sur la montre (celle que m'avait offerte Oum et qui achèverait sa vie de montre dans l'eau salée de San Nicola, un jour étonnamment prochain), poser la main sur la montre, voilà, que j'avais mise sur la table de chevet (j'ai ressenti, malgré la migraine humiliante, un brin de fierté en constatant que j'avais été assez lucide pour la placer là avant de perdre connaissance), et j'ai réussi à distinguer les aiguilles dans le brouillard alcoolique : il était cinq heures. Ces gens du Sud ne sont pas bien. On ne pousse pas des exclamations comme ça dans les couloirs d'hôtels à cinq heures du matin, il y a le respect du client. Je ne suis pas râleur mais… J'ai sombré de nouveau dans un sommeil visqueux, sans doute le front plissé et une moue de soûlard offensé sur les lèvres (sèches). Mais presque aussitôt, on a cogné contre la porte de ma chambre – c'est la meilleure. J'ai de nouveau transpercé le brouillard pour regarder la montre, on ne sait jamais, on a parfois l'impression d'avoir à peine fermé l'œil et deux heures se sont écoulées, mais non, il était toujours cinq heures. Une voix de jeune femme un peu timide s'est fait entendre : « Il faut vous lever, monsieur. Monsieur, c'est l'heure, il faut vous lever. » Décidément, je ne me ferai jamais à ces Provençaux. Ils réveillent volontairement les gens à cinq heures du matin, maintenant, dans les hôtels. Je ne suis pas râleur, mais c'est ça, le calme et l'indolence des pays du soleil ? Espérant que c'était simplement parce qu'elle s'était trompée de chambre (une jeunette du coin qui débute, en tenue de soubrette sur le pont avant l'aube, qui s'emmêle les pinceaux le premier jour dans son tablier propre et neuf), et convaincu que je n'étais pas, en rentrant, déréglé au point de demander qu'on me réveille avec les poules (mon avion décollant à onze heures quinze, j'avais tout le temps), j'ai mis le gros oreiller mou sur ma grosse tête molle et me suis rendormi avant d'avoir pu pousser un soupir. J'ai dansé en costume de Pikachu dans un avion vide, et reconnu la voix de ma mère derrière la porte : « Voltaire, lève-toi, il faut partir ! » Tout le village était contre moi. Le plus incroyable (j'attrape ma montre, énervé) : il était encore cinq heures du matin. L'une au moins des particularités légendaires des pays du soleil est bien réelle : le temps ici passe très lentement. Des employés s'interpellent dans le couloir, une novice frappe à ma porte, je rêve que je suis un Pokémon voyageur, ma mère essaie de me sortir du lit, et il est toujours la même heure. On comprend pourquoi les Méridionaux ne se pressent pas. (Il est midi ? Tranquille. Trois pastis, une sieste, il sera toujours midi.) « Voltaire ? Il est dix heures et quart, tu vas rater ton avion ! » D'accord. C'était sa parole contre celle de ma montre, les liens du sang ont fait pencher la balance et je suis tombé du lit. Il était dix heures et quart, pardon soubrette, saleté de montre (je tiens aujourd'hui à lui rendre justice de manière posthume, ce n'était pas tout à fait de sa faute : elle était arrêtée sur cinq heures car c'était l'heure à laquelle je m'étais couché et avais tiré sur le mauvais bouton en voulant activer la fonction réveil, bloquant ainsi le mécanisme), debout, vite, attention la télé dans la tête, il faut trois quarts d'heure en roulant bien pour se rendre à l'aéroport, je suis pas sorti de l'auberge – or c'est exactement ce qu'il faut que je fasse. Je me suis habillé le plus vite possible, en me débattant avec mes vêtements comme s'ils étaient vivants, j'ai attrapé mon sac, foncé vers la porte, un coup de tête dans la télé accrochée au mur, et me suis retrouvé face à ma mère trente-cinq secondes après mon réveil, sans avoir été en contact avec une goutte d'eau, sans avoir bu de café ni fumé de cigarette, de l'acool qui me débordait encore par les yeux, la bouche en plâtre et les mains tremblantes. Le beau gosse. Elle m'a regardé avec un peu de tristesse, mais n'a rien dit – elle s'était toujours montrée extrêmement indulgente avec moi, parce qu'elle culpabilisait (à tort évidemment) de m'avoir confié petit à cette vermine de nourrice. Je l'ai suivie dans le couloir et dehors, jusqu'à la voiture près de laquelle mon père attendait, magnanime lui aussi, compréhensif. J'avais du mal à tenir mes paupières et à marcher droit, j'ai dû me concentrer pour poser la main sur la poignée de la portière, je dérapais sur les mots que j'essayais d'au moins bredouiller, et je savais que j'avais l'allure d'un cadavre qui ressort de terre un matin d'hiver sans pour autant s'être débarrassé de sa tuberculose. Une vieille nonne sans ses lunettes aurait pu dire que j'en avais pris une bonne, et que j'étais encore dedans – a fortiori mon père et ma mère. Comme dernière image de leur fils après quarante-trois ans de complicité, de soutien, d'amour, ce n'était pas terrible. Sur le coup, dans la voiture, j'avais douloureusement honte. Je n'osais pas les regarder. Je ne savais pas que, trois mois plus tard, la notion de honte me paraîtrait si insignifiante. Dans n'importe quel état, j'aurais voulu les revoir. Mais ils n'étaient pas là.

C'était moi, le père. Et Oum était la mère. Géo nous avait près de lui et nous ne servions à rien. Nos yeux brûlaient, nous n'avions plus de salive dans la bouche, que de la cendre. Il y avait des cris partout autour de nous. Géo s'agrippait à Oum et ne respirait plus maintenant qu'à travers sa serviette humide, au moins je ne voyais pas ses yeux. Oum m'a proposé la sienne, j'ai refusé, je me suis accroupi pour plonger la tête sous l'eau puis j'ai remonté mon tee-shirt jusqu'à mon nez, comme un bandit. (Rends-toi, Voltaire.) Il aurait fallu boire, penser à boire davantage tout à l'heure, maintenant il était trop tard pour remonter jusqu'à la douche, elle était perdue, le vent là-bas devait griller la peau, l'air rôtir. Géo toussait de plus en plus, je l'ai pris par les épaules et l'ai entraîné un peu plus avant dans l'eau, jusqu'au menton. C'était comme s'éloigner de trois pas d'une rangée de mitraillettes pointées sur nous. Il a soulevé sa serviette sur son front (j'ai vu ses yeux rouges, ses lèvres pâles entrouvertes, j'aurais détruit la terre entière) :

– Je vais demander à Chmoudoune.

(Chmoudoune était une fée minuscule qu'il avait inventée à trois ans. Nous tournions depuis plus d'une demi-heure en voiture du côté de la rue Saint-Jacques pour trouver une place, quand nous l'avions entendu dire : « Je vais demander à Chmoudoune. » Le temps qu'il nous explique que c'était une petite fée habillée en mauve et vert qui venait dès qu'il l'appelait et pouvait l'aider pour n'importe quoi, douze secondes, une camionnette garée démarrait à deux mètres de nous, juste devant la boutique où nous devions aller. Nous avions voulu savoir pourquoi « Chmoudoune », il nous avait répondu : « Parce qu'elle s'appelle Chmoudoune », ce qui se tient. Durant les quatre années suivantes, il avait très souvent sollicité son aide pour des missions aussi variées que trouver un endroit pour se garer dans les quartiers les plus surchargés de Paris (sa spécialité), faire cesser la pluie, ou tomber la neige, faire apparaître un jouet rare dans le cinquième et dernier magasin que nous explorions sur les rotules, retrouver Oum dans une foule (la voilà), sortir une ligne de poires au jackpot, réparer par magie le lecteur de

DVD, faire gagner un tocard à Longchamp, apparaître des amis qu'on attend depuis une heure, parler un perroquet récalcitrant et fondre un embouteillage de quinze kilomètres sur l'autoroute, et pas une fois elle n'avait mis plus de quelques secondes à exaucer ses vœux.)

– D'accord, fiston. Demande à Chmoudoune.

Oum nous a rejoints, m'a serré le bras. Il devait être 16 h 15 ou 16 h 20. Elle pleurait. Nous étions tous les trois, mais c'était tout ce que nous avions. Et voir Géo parler tout seul à voix basse en regardant droit devant lui me vrillait les entrailles. Je ne croyais plus en rien depuis longtemps, pas même en Chmoudoune (c'est dire), mais au début du printemps, je m'étais retrouvé plus ou moins par hasard dans une grande réunion autour d'un médium qui disait communiquer avec les morts, et j'en étais ressorti, malgré mon esprit solide, très troublé. Le type s'appelait Reynald Roussel, des centaines de personnes étaient venues le voir de toute la région parisienne et de ses environs, la salle était bondée, il y avait même des gens assis par terre et cinquante ou plus avaient été refoulés (ils criaient et pleuraient derrière la porte, ils venaient de Strasbourg, de Rennes, pitié, laissez-nous entrer), je me réjouissais à la perspective du bon moment que j'allais passer chez les illuminés. Mais pendant trois heures, le Reynald Roussel, d'apparence tout à fait normale, naturelle et décontractée (pas le mystique de téléfilm, tout enveloppé de noir, qui implore ses maîtres obscurs, mains crispées tendues vers le plafond, de lui donner le pouvoir d'apaiser la souffrance des mortels – ni le curé qui fait son petit chef), avait communiqué des nouvelles de leurs chers disparus à trente ou quarante des errants en deuil qui s'étaient échoués là pour en avoir. Et pas de manière approximative et truqueuse, c'était du sérieux : « Madame, là-bas, oui, vous, votre fille Cécile… ou Céline me charge de vous dire qu'elle est heureuse que vous ayez offert son collier bleu à son amie, et qu'elle remercie son cousin pour l'avoir si gentiment massée, à l'hôpital, la dernière semaine. » Il interpellait des gens très différents, de tous âges et de tous niveaux sociaux, dont certains que j'avais entendu parler pendant une heure dans la file d'attente, devant le bâtiment, et qui ressemblaient à des complices comme le pape à la Goulue. « Votre grand-père, celui qui était menuisier, qui vous avait offert une petite tour Eiffel en bois, vous tend un bouquet de tulipes jaunes pour votre anniversaire. C'est demain, c'est ça ? Et c'est votre fleur préférée ? » Je me grattais la tête. « Votre mari est juste derrière vous, il est dans son costume de pilote, il me dit qu'il est très fier que vous entreteniez si bien sa collection de vieux stylos. Continuez à écrire avec régulièrement, ça lui fait plaisir. » Je frottais mes mains sur mes cuisses. « Une jeune fille en survêtement rose me dit que vous devez transmettre un message, monsieur. Vous ne la connaissez pas. Elle est blonde, les cheveux longs, je dirais seize ou dix-sept ans. Je ne comprends pas bien. Elle me montre un vélo, elle me dit que vous devez consoler et rassurer son père, elle va bien et ne lui en veut pas, ce n'est pas de sa faute. » (L'homme dans la salle avait répondu qu'il ne voyait pas, qu'il ne connaissait pas de jeune fille blonde, que ce devait être une erreur. Dix minutes plus tard, il avait interrompu Reynald Roussel – qui expliquait à une petite vieille que son mari lui avait déjà dit trois fois depuis le début de l'année que tout se passait bien pour lui, et qu'il fallait qu'elle arrête de le déranger, maintenant, il en avait ras le bol – et s'était levé, livide, pour annoncer qu'il savait qui était la jeune cycliste : un de ses collègues, à Rouen, qu'il connaissait peu mais que tout le monde savait au fond de la dépression, lui avait brièvement parlé, quelques semaines auparavant à la cantine, de sa fille de seize ans qui était morte dans un accident de vélo. C'est lui qui lui avait demandé d'aller lui acheter des cigarettes. Il lui avait montré une photo, c'était une jolie blonde aux cheveux longs.) J'avalais ma salive. Je commençais à regarder nerveusement de tous les côtés. Mathilde ? Véronique ? Marco ? Patricia ? Marie-Paule ? Vincent ? Carmen ? Mamie ? Lucienne ? Euh… Spouque ? Je me sentais déstabilisé. Et entouré.

À la sortie, tous ces gens qui étaient arrivés accablés, éteints et lourds, morts à l'intérieur, souriaient et discutaient gaiement entre eux. L'ambiance était très étrange sur le trottoir, envahi par une troupe d'amputés pimpants.

J'étais reparti dans une mauvaise direction, j'avais marché longtemps la tête ailleurs dans d'autres quartiers, en regardant ému les passants préoccupés que je croisais (on se reverra), tous les problèmes terrestres me semblaient presque risibles. Au fond, je ne sais pas si j'y croyais ou non (même s'il est difficile de ne pas croire qu'un cheval parle quand on l'entend parler), mais en surface, si. La nuit, je me suis mis à parler, parfois, à Mathilde, à ma grand-mère, à mon chat Spouque, au cas où. Et le temps passant, bien que l'euphorie se soit un peu atténuée, j'ai toujours gardé une place dans mon esprit pour la possibilité que ce soit vrai, que les âmes des morts tourbillonnent en sifflotant dans un univers parallèle (après tout, qu'un cheval parle un jour serait bien plus étonnant). Je me disais que ça pourrait servir en cas de coup dur.

Mais enfumé dans l'eau, coup dur s'il en est, Oum et Géo contre moi, j'ai réalisé que je m'en foutais complètement, en fait. D'abord, l'heure venue, je n'y croyais plus. On se dit que si on entre un jour dans un casino, on va peut-être ramasser le pactole, mais quand on y est et qu'on pose sa pile de jetons sur l'une des 37 cases, on sait bien que ça ne sortira pas. Et même s'il subsistait une toute petite chance (rappelle-toi l'affaire du grand-père aux tulipes jaunes, Voltaire), je me suis rendu compte que ça ne m'intéressait plus du tout. Je n'avais pas la moindre envie de me mettre à tourbillonner en sifflotant dans le vide. J'avais envie de rester sur terre avec Oum et Géo, j'avais envie de boire du whisky en lisant un livre à côté d'Oum, j'avais envie d'aider Géo à construire ses Bionicle en fin d'après-midi, j'avais envie de baisser encore la culotte d'Oum, d'aller à Longchamp, de manger de la tartiflette, j'avais envie de jouer au basket avec Géo et de fumer des cigarettes en terrasse au soleil. Tourbillonner dans le vide, merci bien.

Quand j'essaie de me souvenir de ce qui se passait dans ma tête à ce moment-là (moment dont j'étais maintenant certain que ce serait le dernier), je m'aperçois que je n'ai pas pensé à grand-chose. Du moins à rien d'autre qu'au plus simple. J'ai pensé à mes parents, à ma sœur, à Oum et Géo bien sûr, j'ai pensé à tous les petits tracas ordinaires qui m'avaient bêtement rendu soucieux, j'ai pensé au basket et à l'heure de l'apéro, mais je n'ai pas pensé à ce que je croyais être le plus important pour moi, mon chemin, mes aspirations, mes réussites et mes erreurs, mon passé et le futur que j'attendais. Par exemple, je n'ai pas pensé une seconde à mes romans. Il m'avait toujours semblé qu'ils étaient le cœur de ma vie, l'essentiel, et à l'instant de mourir, je les ai oubliés. Je ne me suis pas demandé si on continuerait à les lire, ce qu'ils deviendraient, ni si celui que j'étais en train de terminer serait publié inachevé, ça ne pesait plus rien, ça m'est sorti de la tête.

J'ai vu Géo tourner les yeux vers le large, j'ai suivi son regard. Un petit bateau arrivait, sorti de nulle part, un Zodiac piloté par un vieux type torse nu à la peau parcheminée. Il s'est arrêté exactement devant nous, l'avant m'a touché le bras. On pouvait monter à six ou sept dedans, et nous étions des centaines.

Voltaire contre le petit skieur

Le vieux pilote parcheminé, après avoir jeté l'ancre, est descendu très calmement de son bateau enchanté et s'est dirigé vers la plage sans regarder qui que ce soit au passage, certainement par crainte d'avoir à répondre à des questions ou de susciter un dangereux mouvement de foule (mais curieusement, personne ne paraissait très intéressé par son arrivée, on savait bien qu'il ne pourrait pas nous emmener tous, et qu'il n'emmènerait donc personne). Il a rejoint le Jésus-Christ défait en short rose, qui n'était pas encore entré dans l'eau, et s'est mis à discuter avec lui, créant aussitôt un petit attroupement – s'il parle au chef (même si le chef est à ramasser à la petite cuiller), c'est qu'il s'agit d'un personnage important.

Je ne savais pas quoi faire. Il était évident qu'il ne pourrait pas nous emmener tous et qu'il n'emmènerait donc personne, mais nous étions sur le point de mourir parce que nous étions coincés là et j'avais la main posée sur le boudin bien gonflé d'un bateau à moteur, tout de même. Deux hommes discutaient en italien sur ma gauche, et j'ai cru comprendre, aidé par leurs gestes, ce qu'ils disaient : il ne pourrait pas partir vers l'ouest, c'est-à-dire vers le départ du feu, pour nous déposer au-delà, à cause de la fumée opaque qui recouvrait la mer (et de toute façon, personne ne savait où avait commencé l'incendie, peut-être à vingt kilomètres), la seule option possible serait d'aller vers l'est et de nous laisser sur la plage suivante (« Cala Lunga », si j'ai bien entendu), celle qu'on devait rejoindre après un certain de temps de marche sur le chemin qui partait dans le dos de la statue de la Vierge, et dont les deux hommes s'accordaient à dire qu'elle était « piccola » et que ce serait pire qu'ici quand les flammes l'atteindraient. (L'avantage, c'est qu'elles l'atteindraient plus tard, ce qui n'est pas négligeable, mais à part ça, ils avaient raison : une photo de Cala Lunga cette petite étendue de sable devenu gris encastrée entre des collines piquées de troncs calcinés, ferait les mois suivants, comme le diraient les journaux, « le tour du monde ».)

Mais tout de même. Tandis que le vieux pilote était toujours sur le sable à discuter, j'ai senti quelque chose se déconnecter dans mon cerveau, la fonction « réflexion » passer en « off » et, uniquement guidé par une sorte de besoin vital, de force indépendante de ma raison, j'ai lancé discrètement mon sac matelot dans le Zodiac. J'ai fait signe à Oum de faire de même avec le sien et celui de toile orange, elle était elle aussi en mode automatique, j'ai pris Géo par la main, lui ai fait faire le tour de l'embarcation jusqu'à la petite échelle métallique et l'ai aidé à monter en le poussant aux fesses, avec l'air de penser à autre chose (« C'est mon bateau, je l'attendais depuis un moment pour que mon fils puisse s'asseoir un peu, il en a besoin »). Puis j'ai poussé aux fesses Oum muette, et enfin, après un court instant d'hésitation (la suite, je le savais, passerait plus difficilement inaperçue), j'ai grimpé dedans à mon tour – il y a dans « grimper » une impression de légèreté, d'agilité, une idée de chamois au printemps qui convient mal ici : avec mes grosses pattes et mon corps de buffle, j'ai gravi l'échelle péniblement, pesant, conscient qu'au moins trois cents personnes échauffées tournaient tout à coup la tête vers moi. Mais tant pis, l'heure était venue de tenter le tout pour le tout, peu importait la réaction des autres : il fallait se détacher de ces considérations sociales et des inquiétudes qui vont avec, il fallait se détendre – comme criait étrangement Géo la veille en riant dans les grosses vagues : « Notre dernière heure est arrivée, calmons-nous ! »

Nous étions tous les trois dans le bateau, immobiles et silencieux, invisibles. Près de nous, dans l'eau et sur la plage, rien n'avait changé, nos semblables ne faisaient finalement pas attention à nous, l'affolement et le désespoir les tétanisaient dans la fumée brûlante. Mais une famille nous a tout de même imités et rejoints mine de rien dans le Zodiac : l'homme avec qui j'avais partagé ma peur et le cul de ma femme, la sienne et leurs deux garçons – le plus grand de l'âge de Géo, à peu près, l'autre de trois ou quatre ans. À l'intérieur du bateau, empruntés et tordus mais intensément relâchés, nous ressemblions, les quatre parents du moins, à des excursionnistes qui attendent avec impatience le départ pour ces îles dont on nous a tant parlé. Ce n'était pas facile. Aucun de nous ne connaissait notre destination – et nous n'étions pas encore partis, loin de là. Nos peaux craquelaient.

Le vieux pilote, ayant terminé son entretien avec notre leader dépassé, est revenu vers nous, d'un pas un peu trop ostensiblement nonchalant. Il sentait les regards posés sur lui (que va-t-il faire des sans-gêne qui sont montés à bord ?) mais gardait les yeux droit devant lui, vers l'horizon, redoutant l'assaut des morts-vivants. Il s'est avancé dans l'eau jusqu'à son bateau, tranquille comme s'il ne nous avait pas vus, et a remonté l'ancre sans même tourner la tête vers nous. Nous restions immobiles et silencieux, invisibles. Mais il nous avait vus, bien sûr – les marins ont les sens aiguisés. Il a posé les mains à plat sur le gros boudin, s'est penché légèrement en avant et s'est adressé à nous à voix basse. Personne ne pouvait se douter de ce qu'il nous disait. Très posément, dégagé et semblant parler du temps à des amis ou à des membres de sa famille, il nous a annoncé (en italien, mais on comprend certaines choses plus vite que d'autres) qu'il ne pouvait emmener que les femmes et les enfants.

Le regard de l'autre père et le mien se sont rapidement croisés pour la troisième fois, et de nouveau, nous pensions la même chose : c'était normal, bien sûr, il fallait sauver les femmes et les enfants, nous prenions deux places précieuses ; c'était triste et cauchemardesque, mais normal.

Oum me dévisageait incrédule, effarée :

– Non, reste. Reste avec Géo, c'est moi qui descends.

C'était évidemment hors de question pour moi (je me disais depuis longtemps que je tenais moins à ma

184

vie qu'à celles d'Oum et de Géo, je le constatais maintenant jusqu'au cœur de chacune de mes cellules, sans hésitation possible). Elle m'a assuré plusieurs fois qu'il fallait que ce soit moi qui parte avec Géo, secouée par ses nerfs, elle s'est même levée, mais je l'ai retenue fermement par le bras, l'ai forcée à se rasseoir et, de ma voix la plus résolue et autoritaire, essayant de la propulser dans la position d'une petite fille (et bien que je n'aie encore jamais réussi à lui imposer quoi que ce soit), je lui ai expliqué en père déterminé que ça ne servait à rien d'en parler, que c'était moi qui descendais, point. Les yeux lui sortaient de la tête. Géo, qui, cependant, ne comprenait peut-être pas exactement ce que mon départ signifierait, répétait :

– Papa ? Papa ?

– C'est rien, mon gars, t'inquiète, je vais me débrouiller.

– Tu vas rester ici ?

– T'inquiète pas. Je suis fort, non ?

J'ai serré Oum contre moi, elle vibrait comme avant une explosion, je lui ai murmuré à l'oreille que je l'aimais, que je lui faisais entièrement confiance pour s'occuper de Géo, que les papiers du compte sur lequel mes parents avaient déposé de l'argent pour lui étaient dans le dossier noir près de mon bureau – il fallait que je me dépêche, que je n'oublie rien –, ceux de l'assurance décès (pas de bobsleigh ni de tentative de record (quoique…), c'est bon) étaient dans le dossier rouge, elle devait voir ça avec un notaire, qu'elle pense à moi, je l'aimais, j'avais confiance en elle. Quand je l'ai lâchée, elle me fixait sans répondre.

J'avais moi-même du mal à croire à ce que je venais de dire, à ce qui était en train de se passer. Je ne serais plus là ? J'ai pris Géo dans mes bras, je devais me retenir, rester modéré, ne pas l'alarmer davantage (il avait sa dose), je ne savais pas quoi lui dire. Je ne pouvais pas lui souhaiter de la chance et du courage, une bonne vie, je ne pouvais pas lui demander de ne pas oublier ses premières années, de ne pas oublier que je l'aimais, je ne pouvais pas lui dire adieu mais je ne pouvais pas non plus l'embrasser comme si je partais deux jours, je comprenais en caressant ses épaules, ses cheveux, son dos, que je le touchais sans doute pour la dernière fois.

Peut-être parce que je n'avais pas la force de ressentir pleinement la douleur de ce moment et qu'il me fallait un point d'appui plus concret, j'ai pensé à un truc sans grand intérêt : Géo ne saurait jamais que j'avais fait une petite croix pour lui sur un arbre de l'aire d'autoroute de Verdun Saint-Nicolas Nord. Saint-Nicolas, c'est drôle. Un jour, quand il était petit, après les avoir déposés, Oum et lui, à Wimmenau, en Alsace, chez ma belle-mère hippy, j'étais rentré seul en voiture vers Paris. Je m'étais arrêté boire un café sur l'aire de Verdun Saint-Nicolas Nord. À côté de la station-service, se trouvait une grande étendue d'herbe – inutile. Je marchais là avec ma cigarette et mon café, à l'écart, seul sous le ciel bleu, je me sentais calme, vivant, amoureux, père, et sans m'y attendre, j'ai fait un saut de cinquante ans dans le futur, après ma mort, et imaginé Géo s'arrêter par hasard sur cette même aire d'autoroute, fumer peut-être une cigarette ici, ou discuter avec sa femme, sans savoir que son père avait un jour de beau temps marché sur cette herbe, isolé, en pensant à lui. Ces liens invisibles dans l'espace et le temps me liquéfient. Pour tenter de les matérialiser, de tendre un fil dans le vide, au-dessus du gouffre où tout tombe, j'avais gravé, avec la clé de la voiture, une croix sur la tranche de la branche coupée, la plus basse, d'un arbre qui s'élevait là, au bord de la pelouse. (Une famille m'obervait d'un air pincé, se demandant si j'avais pas honte d'abîmer la nature.) Au moins, Géo verrait une trace de mon passage ici, je n'aurais pas complètement disparu, nous serions reliés. Il faudrait simplement que je pense à lui en parler. Mais j'avais oublié. Cinq ans plus tard, encore une fois après avoir laissé Oum et Géo en Alsace, je m'en étais souvenu en voyant le panneau qui annonçait la station-service. Je m'étais arrêté, la croix était toujours là. Avec le temps, elle avait pris la couleur de la branche coupée, elle faisait à présent partie de l'arbre. Je m'étais revu plus jeune de cinq ans, au même endroit, sous le ciel bleu, vivant, amoureux, père, seul. Ça m'avait fait plaisir. J'étais dans le même état d'esprit, connecté à Géo sans qu'il le sache, et j'avais ajouté, de nouveau avec la clé de la voiture (une autre voiture, de location), l'initiale de son prénom à côté de la croix, pour qu'il n'ait aucun doute. Je m'étais juré de lui en parler, de ne pas oublier. Maintenant, il était trop tard, et l'instant s'y prêtait plutôt mal (trop dramatique, pour le coup). Il s'arrêterait ou ne s'arrêterait pas sur cette aire d'autoroute, et en tout cas ne saurait jamais qu'à cet endroit, jeune père seul entre l'herbe et le ciel bleu, j'avais pensé à lui en souriant, cinquante ans plus tôt.

Je l'ai tenu encore un moment, je l'ai embrassé, je lui ai dit de bien s'occuper de sa mère et lui ai donné rendez-vous un peu plus tard, quand ce serait fini.

– Mais comment tu vas partir, toi ?

– T'inquiète.

Pendant ce temps-là, l'autre père mon frère, assis entre sa femme et leur plus jeune fils, n'avait pas bougé. Et pendant ce temps-là surtout, personne ne s'était approché du bateau pour y monter. Je ne me suis donc pas levé tout de suite (je ne vais pas non plus me sacrifier pour personne, l'héroïsme romanesque s'arrête où commence la bêtise (Voltaire)). J'attendais. Je descendrais dès qu'une femme ou un enfant voudraient embarquer (sauf si c'était la grosse blonde pleine de saucisses, je la repousserais dans la mer d'un discret coup de pied au menton gras). Attendant, attendant, je me suis aperçu que, sans le manigancer réellement, je me rapetissais : je laissais mes fesses glisser vers l'avant, je courbais le dos, je rentrais imperceptiblement les épaules, pour qu'on ne me remarque pas trop, pour avoir l'air plus petit, l'air d'un enfant (à tête effrayante), de ceux qu'il faut sauver avec les femmes. Malgré les dix tonnes d'angoisse qui m'écrasaient, quand je me suis écarté de moi et me suis observé à quelques mètres, quand je me suis vu me tasser en surveillant les alentours du coin de l'œil, ça m'a fait rire à l'intérieur, rire (l'être humain est très fort ou complètement débile, difficile de trancher). J'admettais que cette tentative de ruse était lâche (tuez les femmes et les enfants, mais épargnez-moi), mais je n'y pouvais rien. On ne choisit pas toujours d'être lâche ou noble. (L'année précédente, aux

Carroz, en Haute-Savoie, je skiais en fin d'après-midi avec cette grâce et cette souplesse vive qui ont fait ma légende sur toutes les pentes des Alpes quand un gamin m'était rentré dedans. Et non l'inverse, il faut me croire (je suis peut-être lâche mais pas menteur, en général) : je m'apprêtais à dompter une bosse quand il était entré dans mon champ de vision à toute vitesse, ayant manifestement perdu le contrôle de son corps. Dix ans plus tôt, je l'aurais peut-être évité en quelques dixièmes de secondes d'un élégant et leste mouvement de bassin, à la façon d'un Elvis des neiges, mais là non. Tout ce que j'ai pu faire, c'est me défendre. Le problème est là. N'ayant ni le temps de réfléchir, ni même celui d'entrevoir l'ombre d'un scrupule moral ou altruiste, j'avais réagi par réflexe, et par réflexe, j'avais levé les deux mains devant moi. Les deux poings, plutôt, puisque je tenais les bâtons – et les bâtons, donc. Au lieu d'essayer d'amortir le choc pour éviter le pire à ce garçon de huit ou neuf ans, en écartant les doigts ou en lui présentant une partie plus molle de mon anatomie (ce qui ne manquait pourtant pas), je n'avais instinctivement pensé qu'à me protéger en détruisant ce qui m'attaquait – tout en ayant forcément eu conscience, même très furtivement, que c'était un pauvre marmot paniqué. Par réflexe, j'étais lâche. Quinze secondes plus tard, quand chacun de nous a émergé de son tas de neige et que je l'ai vu en pleurs, sans gants ni skis ni lunettes, rouge, échevelé et secoué de spasmes comme si un camion lui était passé dessus, quand j'ai vu se former presque instantanément sur son front un œuf de pigeon des Galapagos, bleuir et se fissurer, s'ouvrir, saigner (je n'avais rien, moi), je me suis senti le plus odieux des hommes qui peuplent les montagnes. Je suis monté vers lui pour m'excuser, voir si c'était grave, le rassurer, mais son père est arrivé juste au moment où je lui posais la main sur l'épaule. En découvrant son fils à la tête explosée, et juste à côté ce grand dadais couvert de neige, je comprends ce qu'il a pu ressentir, je ne lui en veux pas. Il me regardait dégoûté, j'étais la pire des ordures. (Et je ne pouvais pas lui expliquer que c'était le petit qui avait foncé sur moi (« C'est de sa faute, je vous assure ! »), il y a des limites à la bassesse, même quand on est dans son droit – endosser bravement tous les torts rachetait un peu mon indignité initiale, me semblait-il.) J'ai dit que j'étais vraiment désolé, j'ai demandé si je pouvais faire quelque chose, il m'a sèchement répondu que non, ça irait – « Qu'est-ce que vous voulez faire, de toute façon ? » J'ai insisté timidement, je ne me voyais pas partir comme ça, allez hop, faut aller de l'avant dans la vie, surtout avec une neige pareille, je me fais la rouge. Je restais à côté d'eux, ordure inutile. Le père consolait son fils, étudiait d'un œil d'expert sa bosse éclatée (il y a les hommes responsables et calmes qui savent gérer toutes les situations, et les attardés mentaux qui percutent les gosses), il faisait comme si je n'étais plus là. Tout ce qu'il attendait de moi, c'était que je me casse et sorte de leur vie à tout jamais. Comprenant que c'était le seul moyen de leur rendre service – je leur devais bien ça –, j'ai rechaussé mes skis, des bourdonnements de confusion entre les tempes, et continué faiblement ma descente, en sueur et piteux, laissant derrière moi, là-haut, le petit garçon défiguré. Ce n'était pas un crime, juste un mouvement involontaire, et ma victime s'en remettrait, mais j'avais profondément honte. Et ça a duré les jours suivants – j'espérais les apercevoir dans la station, pour m'assurer que tout allait bien, et d'un autre côté, je redoutais de croiser à nouveau leur chemin. Ce n'était pourtant pas de ma faute, vraiment, on n'a pas toujours le temps d'être à la hauteur.)

Je me faisais petit, j'espérais m'en tirer, mais ce n'était que de la lâcheté temporaire : à la première femme, au premier enfant, je quitterais Oum et Géo. Pour l'instant, personne ne venait. Une belle brune aux seins caoutchouteux, dans l'eau jusqu'aux hanches, la bouche desséchée et déformée par la chaleur, a bien tenté de tirer son compagnon grisonnant par le bras (pas la peine : lui, il pouvait toujours courir), mais il a solidement résisté en secouant la tête et en lui expliquant, d'un air supérieur (« Ne fais pas l'idiote »), résolu et autoritaire (on est tous les mêmes), quelque chose qui devait avoir un rapport avec la mort certaine qui attendait à destination les passagers de cette barque de Charon. Sur le point de le planter là (lâche-moi les épaules), elle s'est ravisée, il devait avoir raison (qui c'est, ce Charon ?). De plus en plus d'inquiets semblaient toutefois hésiter, dont certains qui revenaient du petit attroupement sur la plage autour du pilote, on commençait à nous regarder, des voix s'élevaient, mais toutes reprenaient en écho les mêmes mots – c'étaient du moins les seuls que je distinguais dans le brouhaha anxieux : « Cala Lunga » et « No, no ». J'ai aperçu sir Edward, dans son costume clair, les yeux fondus, qui ôtait ses chaussures ; l'ami des loutres, qui se tenait la tête en regardant sa femme et ses enfants ; un gros type blond qui avait essayé de me frapper quand je remontais l'escalier pour chercher Ana Upla, de l'eau jusqu'aux cuisses roses, seul et gémissant ; le garçon ouvert et sympathique qui m'avait traduit le discours de Jésus – il tenait une jeune fille trempée dans ses bras. J'ai cherché la femme enceinte, le couple pâté de poule et leur bébé. Je ne les ai pas trouvés. Certains se couvraient la tête d'une serviette ou d'un tee-shirt, d'autres regardaient vers le ciel, mais on ne le voyait presque plus. Une quinzaine d'agenouillés priaient devant la statue de la Vierge. La plupart des gens étaient entrés dans la mer. Personne ne venait vers nous.

Le vieux pilote a gravi la petite échelle, toujours détaché, lent, prudent, et après un coup d'œil clément sur les deux pères qui n'avaient pas bougé, il s'est assis près du moteur et a démarré. Nous sommes partis. En me retournant au bout de quelques secondes, j'ai vraiment vu ce que nous quittions : un immense rideau de fumée grise et noire s'élevait jusqu'au soleil, qui n'était plus qu'une petite boule rouge voilée, de grandes flammes folles longeaient les trois quarts de la plage maintenant plongée dans l'ombre, où des centaines de personnes abandonnées s'entassaient sur la dernière zone encore respirable, plus pour longtemps, de plus en plus petites. J'étais partagé entre le désespoir, pour eux, et le soulagement irréel, pour nous. Mais nous ne savions pas où nous allions.

La méduse immortelle

Après un démarrage réservé, le Zodiac a brusquement accéléré – l'avant levé, sautant sur l'eau, il était plus puissant qu'il n'en avait l'air. Le vieux pilote s'était métamorphosé et paraissait soudain extrêmement concentré. J'ai peur en bateau, mais à cet instant, je l'avais oublié, cette peur était engloutie comme la lumière d'une petite lampe quand le jour se lève. Derrière nous, ceux qui restaient sur la plage devaient regretter de n'avoir pas tenté leur chance ; ou peut-être, au contraire, nous plaignaient-ils en hochant la tête, comme j'avais plaint les inconscients égarés qui avaient poursuivi leur fuite sur le chemin derrière la Vierge.

Pendant deux ou trois cents mètres, nous avons foncé droit vers le large. Oum était à l'avant, une main solidement agrippée à une corde qui faisait le tour du bateau, l'autre serrant Géo contre elle. J'étais assis face à eux, j'appuyais un bras sur les cuisses de Géo, pour l'empêcher de décoller du fond, et de l'autre je tenais comme je pouvais le plus grand des deux garçons. Ses parents et le plus jeune étaient regroupés et recroquevillés entre le pilote et nous. Des gerbes d'eau salée nous éclaboussaient chaque fois que la petite embarcation retombait sur la mer dure, ça faisait du bien, mais il fallait contracter tous nos muscles pour nous accrocher et ne pas être éjectés comme des grains de maïs dans une machine à pop-corn ouverte.

Dans cinq secondes (nous approchions de l'endroit où la fumée qui s'étirait en diagonale barrait la route vers l'horizon), nous allions obliquer soit vers le barrage noir et menaçant, soit vers Cala Lunga. C'est le vieux pilote qui déciderait, mais je priais Chmoudoune et tous les dieux depuis Râ pour qu'il choisisse la fumée. Même si c'était risqué, au moins, quelque part de l'autre côté, il existait un lieu où la vie était normale (il y a des femmes à six seins sur Neptune et une vie après la mort). S'il nous déposait à Cala Lunga, nous ne prendrions que quelques centaines de mètres d'avance sur le feu, et la terreur continuerait.

Le vieux pilote buriné a décidé de plonger dans la fumée. Après avoir entamé son virage, il nous a crié quelque chose que nous n'avons pas entendu dans le tumulte du moteur et le fracas des vagues, mais ses gestes étaient clairs : il nous demandait de nous baisser le plus possible, de nous couvrir et de ne pas trop respirer. Nous avons à peine eu le temps de nous préparer. Oum a baissé entièrement la serviette sur la tête de Géo en lui appuyant sur la nuque pour qu'il s'aplatisse, elle s'est protégée sous la sienne, j'ai aidé le garçon à se recouvrir de celle que venait de lui tendre sa mère, remonté mon tee-shirt au-dessus de mes yeux et j'étais en train de me baisser quand nous sommes entrés dans le noir. C'était la dernière épreuve, l'écran qu'il fallait traverser pour continuer à vivre.

Au bout de ce qui m'a paru une nuit, je me suis redressé un peu et j'ai baissé légèrement mon tee-shirt pour voir ce qui se passait autour de nous, mais je n'ai rien vu. Nous étions dans l'obscurité complète, une obscurité bruyante, âcre et irrespirable. J'ai dû vite me recouvrir, après un bref regard, les yeux plissés et piquants, sur les corps cachés, immobiles, d'Oum et Géo. J'étais de nouveau replié sur moi-même, aveugle, je ne laissais passer entre mes dents que la faible quantité d'air nocif nécessaire pour ne pas m'évanouir, mon seul contact avec l'extérieur était la jambe de Géo, mon fils, enfermé dans la bulle voisine, que je maintenais de toutes mes forces, et la cheville de l'autre garçon. Je me demandais comment le vieux pilote pouvait résister.

Après une autre nuit, la chaleur a soudain augmenté, rapidement. J'ai encore sorti la tête de mon tee-shirt. Nous étions toujours dans le brouillard chaud noir, mais bombardés de flammèches, comme de minuscules boules de feu. Le bateau devait s'approcher d'une des avancées de la côte, celle que nous avions escaladée ou celle que nous avions contournée par la mer dans une autre vie. On aurait dit que de petits monstres de l'Enfer y avaient pris position et nous tiraient dessus pour nous empêcher de passer. J'en ai reçu une sur le bras, une sur la joue, j'en ai vu une s'écraser sur la serviette d'Oum. Le pilote torse nu devait en être criblé. J'ai replongé dans mon tee-shirt et courbé le dos, nous n'en sortirions jamais. Les os de mon crâne me faisaient mal, je commençais à glisser vers le vide, je m'évanouissais. Je crispais les doigts sur la cuisse de Géo, ma dernière sensation de toucher, je ne savais même pas s'il respirait encore. Mais je l'ai entendu tousser. Tout le monde dans le bateau se mettait à tousser – le niveau qu'atteignait la température et les brûlures des flammèches ajoutaient la panique au manque d'air et accéléraient la suffocation. J'ai eu envie de crier au pilote de se dépêcher, mais c'était ridicule, il poussait évidemment le moteur à fond. Le Zodiac volait et s'écrasait, ça n'en finissait pas. J'ai pensé que si nous n'avions pas franchi cette barrière interminable avant que j'aie fini de compter jusqu'à dix, nous allions tous mourir dans ce bateau. Un, deux, trois, quatre, cinq, six… Il y en avait peut-être encore un kilomètre devant nous.

Tout le monde a relevé la tête en même temps. D'une seconde à l'autre, l'oxygène est revenu, la chaleur a disparu (il faisait plus de quarante degrés sur toute la région ce jour-là, mais nous ressentions sur la peau une impression de fraîcheur). Nous avions traversé la zone noire.

Sur notre gauche, la colline où se trouvait notre appartement était entièrement dévastée et fumait encore, des flammes traînardes s'attardaient sur les derniers morceaux de bois à brûler. Il ne restait plus rien du petit snack de plage, le camping dans lequel nous avions tourné en voiture n'était plus qu'une plaine désolée de tôle fumante, la plage était couverte de cendres, il n'y avait plus dans notre champ de vision un seul arbre qui ne soit calciné, un seul buisson, végétation zéro, plus un signe de vie. Derrière nous, la trace d'écume du bateau puis que du noir, comme si la nuit commençait là – une nuit mouvante et toxique qui recouvrait, dévorait rageusement toute la région (et nous savions que, quelque part au milieu, hurlaient les gens que nous avions quittés). Le pilote ne baissait pas de régime, nous étions ballottés de vague en vague et ne pouvions pas reprendre notre souffle, il fallait tenir malgré les crampes pour ne pas être projetés par-dessus bord. J'ai voulu cette fois lui crier de ralentir mais je n'ai pas osé, il venait d'accomplir un invraisemblable exploit de navigation, ce n'était pas à moi de lui dire ce qu'il devait faire (je n'avais pas compris que si le vieil homme se pressait, c'était qu'il comptait retourner au feu dès qu'il nous aurait déposés). Devant nous, tout était dégagé. Il ne nous restait plus qu'à passer une dernière langue de roche et de terre brûlée et nous serions en vue du port de Peschici. Hébété, je fixais le visage toujours concentré de Géo quand la cheville mouillée de l'autre garçon a glissé entre mes doigts. J'ai tourné la tête, il n'était plus là.

Pas de lâcheté automatique cette fois, les muscles de mes jambes se sont tendus tout seuls et j'ai bondi sur mes pieds pour me jeter à l'eau, mais un brusque ralentissement du bateau m'a déséquilibré. Le temps que je me relève, le Zodiac faisait demi-tour, la mère criait, le père a plongé. J'imaginais le petit disparaissant dans les profondeurs, je sentais encore sa cheville sur la paume de ma main. J'ai vu sa tête. Le vieux pilote, vif, l'a rejoint avant son père – le gamin nageait sans s'affoler, quoique un peu sonné, une bonne brasse d'école – et lui a tendu la main pour le hisser jusqu'à lui. Son petit frère, balancé à sa place, aurait coulé à pic. Le père est remonté par l'échelle, la mère proche de la crise d'hystérie a éclaté en sanglots en prenant son fils ruisselant dans ses bras, je me demandais si je devais m'en vouloir ou non, le père m'a tapoté l'épaule et nous sommes tous repartis vers la fin du drame.

Après avoir contourné les rochers noircis puis les petites falaises de l'extrémité ouest de la baie de San Nicola, le pilote a pris un large virage sur la gauche et nous avons aperçu le port. Des dizaines de personnes attendaient sur le quai. Vues de loin, elles paraissaient tranquilles, habillées comme tous les jours, en sécurité dans une vie normale – simplement regroupées. Nous venions, en dépassant les falaises, de changer de monde. L'air ici était clair et sain, l'atmosphère douce, calme, la lumière pure et l'eau limpide. On devinait sous le bateau, qui avait enfin ralenti, des milliers de créatures vivantes qui se déplaçaient sereinement, cherchaient de la nourriture. J'ai repensé à un article que j'avais lu la veille, quand tout allait bien, dans la *Gazetta del Mezzogiorno*, à propos de la découverte récente, du côté de Porto Cesareo, d'une petite méduse immortelle. Je n'avais pas tout compris, mais le principal, ce qui donne le vertige : la *turritopsis nutricula* est le seul organisme vivant connu qui ne soit pas sujet à la mort – sauf si elle se fait manger ou détruire. Son existence ne se termine jamais. Elle se développe normalement et, parvenue à la fin de l'âge adulte, inverse le processus et renaît d'elle-même, « renasce da se stessa ». Pas comme les humains (malheureusement), mais comme l'humanité, qui avance par roulements, régénérations décalées. Elle, cela dit, ne progresse pas. Mais elle se renouvelle, elle recommence. Elle vit éternellement. *All'infinito*. Une petite méduse.

En approchant du port, nous avons croisé d'autres bateaux qui se dirigeaient vers la côte incendiée, pilotés par des particuliers, des gens du coin, certains assez âgés, qui avaient pris la décision de se dévouer malgré le danger, puisque les secours officiels ne se montraient toujours pas. Ils s'en allaient le visage fermé. (Le lendemain, dans les journaux, on apprendrait ce qui s'était passé sur la plage de Manaccora. Après nous avoir vus partir à toute vitesse vers l'ouest, nos voisins de frayeur avaient réalisé que c'était le seul moyen d'échapper à une mort inéluctable, et s'en étaient voulu de ne pas y avoir cru, de ne pas avoir osé, essayé. Aussi, quand les bateaux suivants étaient arrivés, ils s'étaient jetés dessus. Trente ou quarante personnes prenaient d'assaut une petite barque à moteur qui ne pouvait en transporter que sept ou huit, se poussaient, se frappaient, se griffaient, rejetaient les autres à coups de pied dès qu'ils étaient montés à bord. Une femme qui avait été repoussée à la mer par le poing d'un homme (et qui avait pu prendre, la bouche en sang, le bateau suivant) racontait qu'elle n'avait jamais rien vécu ni vu de si apocalyptique, barbare. Des grappes de femmes et d'hommes fous. Nous avions, vraiment, eu de la chance.) Je regardais admiratif ces pêcheurs et ces marins amateurs s'en aller vers le monde noir, et je pensais à Ana Upla, que plus un bateau ne pouvait sauver.

Sur le quai, les habitants descendus du village nous faisaient de grands signes, criaient, se penchaient pour voir si nous étions blessés, brûlés. Le vieux pilote a coupé le moteur, puis lancé une corde à un homme qui tendait la main.

– On est sauvés, papa ?

– Oui mon gars.

Les chaussures brûlées

Tirés vers le haut par des mains anonymes, soulevés comme des paquets et déposés entre des bras sans visage, nous venions à peine de mettre les pieds sur le quai ferme quand le vieux pilote est reparti. Il était écarlate, en sueur, couvert de traces noires et sans doute de petites brûlures, il avait soixante-cinq ans ou plus, et sans une pause, sans un instant d'hésitation, il retournait se jeter dans la fumée. Cloué sur le bord par sa bravoure et son abnégation, j'en ai même oublié de le remercier. (Un an plus tard, le jour du sinistre anniversaire, plusieurs journaux consacreraient une colonne ou une page à ces hommes qui avaient risqué leur vie pour sauver ceux que personne d'autre ne sauverait. Ils avaient fait le chemin inverse, contre nature, étaient allés d'eux-mêmes se mêler aux victimes potentielles, plusieurs fois, ils avaient ramené des centaines de personnes, certains étaient revenus avec un bateau en partie brûlé, ou endommagé par un choc contre des rochers invisibles dans le noir, ou par la violence des candidats à la survie, et pas un seul n'avait reçu le moindre mot de remerciement des autorités absentes, ni surtout un euro pour les aider à réparer les dégâts.) J'ai aussi oublié de croiser une dernière fois le regard de l'autre père, mon frère – que je n'ai jamais revu. On me parlait, on me tenait par les épaules, j'ai vu qu'on m'avait donné une bouteille d'eau, j'en ai bu la moitié, j'avais le cerveau paralysé, je n'arrivais pas à revenir sur terre. Je me suis rendu compte qu'Oum n'était plus près de moi, ni Géo. Je les ai cherchés en tournant mollement la tête, comme dans la mélasse d'un rêve. J'ai aperçu Oum, debout toute seule à l'écart, une bouteille dans chaque main, tournée vers les premières maisons du village, les yeux vides. À une vingtaine de mètres d'elle, un policier en tenue était accroupi devant Géo, le faisait boire, lui caressait les cheveux.

J'ai marché jusqu'à Oum, péniblement, puis nous avons rejoint Géo sans parler. Nous étions plantés là tous les trois, délestés de tout, ahuris. On nous donnait d'autres bouteilles d'eau. Quelque part près de nous, des bateaux arrivaient déjà avec d'autres rescapés fantomatiques. Oum a sorti les six tongs du sac de toile orange, nous les avons enfilées. Une femme est venue nous chercher, nous l'avons suivie comme des pantins – elle aurait pu nous emmener dans une boîte de nuit ou une cordonnerie, nous l'aurions suivie. Elle nous a guidés jusqu'à un restaurant du port, Il Corsaro, et nous a fait signe de monter l'escalier et d'entrer. Nous avons monté l'escalier et nous sommes entrés. À l'intérieur, dans une grande salle sombre et voûtée, quelques êtres foudroyés, en maillot de bain, mâchaient en silence. Les fourchettes tremblaient. Un garçon nous a conduits jusqu'à une table, et nous a aussitôt apporté trois assiettes de spaghettis à la tomate et trois bouteilles d'eau. (Ce jour-là, le patron et les employés de ce restaurant ont nourri gratuitement plus de cinq cents personnes.) Nous n'avions pas faim, mais nous avons mangé. Si on nous avait donné du papier et un crayon, nous aurions dessiné, des castagnettes, nous aurions fait tac tac tac. Nous recommencions peu à peu à parler, mais nous ne savions pas quoi dire. Que nous n'étions pas morts ? Géo concentrait son attention sur les murs, couverts de tableaux représentant des galions sur des océans mouvementés et des pirates patibulaires. Une femme est entrée, seule, et lorsqu'elle est passée près de notre table, elle s'est effondrée sur les dalles de pierre, inanimée, sa tête a cogné. Quatre ou cinq personnes se sont précipitées autour d'elle, l'ont assise et lui ont donné de l'eau. Géo avait peur, nous sommes sortis.

Dehors, après quelques pas, nous nous sommes trouvés en face de Tanja. Elle avait le visage charbonneux, couvert de suie, les yeux rouges, les cheveux en bataille. Mais bien qu'elle ait perdu sa maison, sa résidence, son restaurant, plus de quinze années de travail, malgré les jours sombres et pauvres qui s'annonçaient, elle souriait, heureuse d'être là. Elle avait pu joindre Michele sur son portable, il avait réussi à fuir leur maison avec les enfants en franchissant les flammes en moto – la fille avait été brûlée au bras en passant, mais ça s'arrangerait. Maria, la déesse de la pizza, était assise un peu plus loin sur un muret, assommée, ailleurs. Elles étaient ici depuis un moment, elles étaient descendues les dernières du restaurant, pour essayer d'entasser à l'intérieur et de protéger ce qu'elles pouvaient, puis s'étaient réfugiées sur un rocher de la plage de San Nicola et avaient été récupérées par une barque juste avant d'être grillées vives, de la fumée plein les poumons. Oum l'a serrée contre elle, moi aussi ensuite, pour la première fois. Être passés ensemble de l'autre côté nous avait propulsés d'un coup dix ans d'amitié plus loin – une brusque mutation de sentiments. Nous sommes allés embrasser Maria. Je n'ai pas eu la force de leur parler maintenant d'Ana Upla. (Si elle était restée avec Tanja, elle serait avec nous. Elle la tenait par le coude, sur la terrasse du restaurant, quand nous entendions les explosions de bonbonnes de gaz. J'avais l'image en tête comme sur un écran. Elle n'aurait pas dû la lâcher pour descendre avec nous. Mais comment pouvait-elle le deviner ?)

Nous nous sommes mis en route tous les trois vers le village blanc, très haut perché – il y avait bien huit cents mètres de montée raide en lacets. Après le premier virage en épingle à cheveux, un homme au milieu de la rue a écarté les bras et nous a sommés de ne pas continuer : tout était en feu là-haut. Le ciel était noir et inquiétant au-dessus de Peschici, mais nous revenions de la fournaise et sentions, en animaux, que l'atmosphère n'était pas la même ici. La fumée s'élevait de plus loin derrière. Et puis à son regard, on voyait bien qu'il avait disjoncté. Nous l'avons remercié et nous avons poursuivi notre chemin.

Nous marchions très lentement, comme entre la vie et la mort, chaque pas vers le sommet de la côte réclamait un gros effort, qui nous paraissait le dernier possible. L'urgence et la peur écartées, toute la fatigue nerveuse et physique accumulée pendant cette longue journée à marcher, grimper, courir sur le sable et dans l'eau, sous le soleil, à respirer de la cendre dans une ambiance de four sale en pyrolyse, se libérait et nous écrasait. Nous enfonçait dans une sorte de coma animé. Mais ça n'avait pas d'importance. Même un bras en moins nous aurait convenu. Nous montions sans parler, des revenants.

Quand nous sommes arrivés sur la place du village, bizarrement déserte, j'ai retiré de l'argent au distributeur (ma carte mouillée passait encore), acheté des cigarettes et deux briquets (je n'avais pas fumé de la journée, ça ne m'était pas arrivé depuis trente ans – le patron du tabac, en voyant ma tête et les traces de sel partout sur mon tee-shirt, m'a demandé si je revenais de l'incendie, je n'ai pu que répondre : « Si »), puis nous nous sommes installés sur la terrasse ombragée du bar où nous venions tous les jours en fin de matinée. Le serveur, sans avoir pris la commande, est venu nous apporter la même chose que d'habitude, un café, un Fanta, une bière. Nous étions toujours silencieux, tous les trois seuls sur la place de Peschici, ça ne semblait pas réel.

J'ai bu trois gorgées de bière fraîche, allumé une cigarette. Je peux dire avec certitude que c'était le meilleur moment de ma vie. (La première fois où j'ai glissé ma main dans la culotte d'une fille, le jour où ma mère est venue m'apprendre à Carrefour (je travaillais en blouse bleue au rayon « chocolats et biscuits apéritifs ») que j'avais eu mon Bac, où je suis sorti en bondissant comme un kangourou sous ecstasy du centre des trois jours de Blois (Réformé ! P4 ! Yes !), où j'ai tenu mon premier roman dans mes mains (sous sa couverture blanche à pointe verte, dans les locaux de Julliard), où Oum s'est déshabillée en souriant près de mon lit (je n'arrivais pas à croire qu'un tel coup de chance me tombe du ciel – c'est elle, elle a accepté de venir jusqu'à ma chambre, et là, on va baiser, je ne rêve pas), où j'ai entendu crier Géo dans les bras de la sage-femme (après plus d'une minute de silence sanglant), ont été de grands moments forts inoubliables, mais cet instant hors du temps sur la terrasse, ou plutôt revenu dans le temps, près d'Oum et Géo, la fraîcheur de la bière dans ma gorge, le repos, l'avenir, l'alcool vite bienfaisant, le grésillement de la cigarette, nous sommes là, je bois, je fume, je n'ai jamais rien ressenti de plus agréable, c'est sûr.) Je tenais la main d'Oum, je regardais Géo déguster son Fanta à la canette, et je savais que je ne me laisserais plus déranger, énerver, assombrir par quoi que ce soit.

Une heure plus tard, nous n'avions pas bougé, mais la terrasse et la place s'étaient remplies. Une multitude de spectres frappés de stupeur passaient devant nous, pieds nus, sans autre vêtement, pour la plupart, que leur maillot de bain, au mieux un tee-shirt, les bras le long du corps et les yeux hagards, ne comprenant pas ce qui se passait. Ils avaient tout perdu, leurs chaussures, leur voiture, leur argent, leur carte de crédit, leurs clés, leurs caravanes, leurs bijoux, leurs papiers. Ils n'étaient plus que des touristes égarés, nus, sans identité, qui avançaient sans but dans la rue. Je me demandais comment ils feraient pour rentrer chez eux.

Les habitants commençaient à s'organiser pour les aider, les orienter (on leur conseillait d'aller s'inscrire sur une liste à la mairie – j'ai fini par suivre le mouvement, en pensant vaguement aux assurances, mais d'une part, depuis peu je m'en foutais, des assurances, d'autre part, il s'agissait simplement d'écrire son nom sur une feuille volante (la petite mairie et ses deux employés n'avaient manifestement pas prévu de devoir un jour faire face à ce genre d'affluence nécessiteuse), parmi des dizaines de feuilles volantes et des centaines de noms, j'aurais pu aussi bien mettre celui de ma tante, je ne voyais pas bien à quoi cela servirait), leur distribuer des choses à manger, de l'eau, des casquettes et des tee-shirts à l'effigie de Peschici, « Un sogno da vivere » – un rêve à vivre. Dans l'un de ces tee-shirts, est passé devant nous en boitant le jeune traducteur de la plage, sans la fille qu'il serrait contre lui quand nous étions partis, les traits tirés, le regard trouble. Je lui ai fait un signe de la main pour lui proposer un verre, mais il ne m'a pas reconnu, ou pas vu.

À la table voisine de la nôtre, un couple qui, comme nous, avait réussi à sauver ses sacs, téléphonait pour rassurer la famille, qui avait certainement pris connaissance du désastre en cours à la télé – à l'intérieur du café, l'écran diffusait en continu des images du port et des côtes vues d'hélicoptère (ils étaient enfin arrivés, on en voyait et entendait passer un toutes les trente secondes au-dessus de nos têtes, emportant au bout d'un câble une grosse boule rouge pleine d'eau). Trois longs camions surmontés d'antennes paraboliques s'étaient installés autour de la place, des journalistes à micro se positionnaient devant la mairie et se coiffaient. Salvatore, grand charmeur toujours à l'aise (un des seuls anglophones à trente kilomètres à la ronde) qui prenait progressivement la relève de son père, Peppino, à la tête d'un bon restaurant (« Da Peppino », donc) dans le jardin duquel nous dînions un soir sur deux, s'est approché de nous. Il m'a mis la main sur l'épaule, il s'est accroupi, je sentais ses doigts se crisper, il n'a pas dit grand-chose, il pleurait – pour tous les gens d'ici, ceux qui avaient perdu leur maison, leur hôtel, leur commerce, et pour la région qu'il aimait, qui mettrait dix ou quinze ans à guérir.

L'ami des loutres a traversé la rue avec sa femme et ses enfants, il avait retrouvé son sourire et sa vitalité de chef de clan, rafraîchissements pour tout le monde, suivez-moi. Plus loin, sur un banc, la femme enceinte, en maillot, se faisait broyer les mains par un jeune homme en chemisette et pantalon. À quarante mètres, je pouvais voir qu'elle n'avait plus la force de battre des paupières, et que lui tremblait comme un hamster épileptique. Un grand gaillard en slip est sorti d'un bar voisin, le bras gauche, le torse et le dos couverts d'une crème blanche sous laquelle on distinguait de larges plaques rouges à vif. Derrière lui, un chauve trapu en short de safari criait en prenant tout le monde à témoin : « Il a sauvé trois enfants ! Ce gars-là a sauvé trois enfants ! » Debout à l'écart près d'un muret, dans un coin de la place, j'ai reconnu le mari pâté de poule qui nous avait demandé angoissé si l'on pouvait quitter Nido Verde en voiture. Je ne voyais ni sa femme ni leur bébé, son tee-shirt était déchiré. Il se désespérait sur son portable, recomposant sans cesse un numéro, soit parce que l'appareil était humide et ne fonctionnait plus, soit parce que celui de sa femme ne répondait pas.

La rue était à présent bondée d'errants. Il était tard dans l'après-midi et je me suis souvenu qu'il fallait que nous trouvions un endroit pour dormir – plus rien ne nous importait depuis notre arrivée ici, mais il valait tout de même mieux, pour Géo surtout, dormir dans un lit que sur un trottoir ou sur le carrelage d'une salle de la mairie bondée de gémissants (dormir importe toujours). Peschici ne regorgeait pas d'hôtels, et huit cents sans-abri avaient déjà commencé ou n'allaient pas tarder à chercher une chambre (je m'en suis voulu de penser que ceux, nombreux, qui n'avaient plus rien, ni argent ni cartes, ne seraient pas des concurrents – mais on ne peut pas s'empêcher de penser). Au lieu de sillonner le village et de buter contre des réceptions navrées, Oum a eu l'idée de demander à la patronne du bar. Je suis allé la voir à la caisse (elle a refusé de me laisser payer nos consommations). Elle m'a dit qu'une de ses amies tenait un bel hôtel à la sortie de Peschici, au bout de la rue principale – avec piscine, attention. Elle a téléphoné, il restait une chambre, son amie la gardait pour nous pendant les quinze prochaines minutes. Nous sommes partis aussitôt et avons descendu la rue principale en pressant le pas, les jambes lourdes et dures.

Dans la chambre, nous avons déposé nos affaires – c'est-à-dire un sac de toile orange. Contenant des serviettes gorgées d'eau, un gros Pikachu gorgé d'eau, trois marionnettes molles gorgées d'eau, et une cartouche Super Mario foutue. Nous avons mis tout cela à sécher dans la salle de bains. J'ai sorti de mon sac matelot les papiers trempés, les lettres et factures délayées, un iPod mort et la belle montre de poche rongée par le sel, arrêtée sur midi quarante, au moment où Géo nageait pour la première fois. J'ai posé nos deux livres ouverts, *Eva* et *Retour à la vie*, sur le rebord de la fenêtre – j'ai relu avec un flottement dans le ventre la page où s'était arrêtée Oum (« Elle habitait près de Central Park et l'invita à monter »), la dernière qu'elle aurait lue après tant d'autres (j'ai pensé à la dernière phrase que je lirais, mais pas longtemps – c'est pas bon). Nous avons déposé nos affaires, puis nous sommes vite ressortis pour acheter quelques trucs de première nécessité avant que les magasins ne ferment. On repartait de rien, question matériel domestique. Il nous fallait des brosses à dents, du dentifrice, du savon, du shampooing, un rasoir (électrique), un sac ou une valise, des slips, caleçons et culottes, des chapeaux, des robes, jupes, tee-shirts, pantalons et shorts, chaussettes et chaussures, une montre, divers liquides purifiants et tonifiants, des livres (en italien, chiotte), un peigne, un stylo, et toutes ces choses qu'on utilise tout le temps sans jamais y penser. (Ce jour-là – et les suivants d'ailleurs –, les habitants et les commerçants se sont montrés d'une gentillesse et d'une bienveillance, d'une humanité à embrasser le monde. Un suicidé en serait ressorti de sa tombe. Alors que la saison, et d'autres à venir, étaient condamnées, on nous comptait moitié prix dans les boutiques (même à la pharmacie), on nous faisait cadeau d'un polo ou d'un réveil, on nous offrait le vin dans les restaurants, on nous demandait partout si nous allions bien, si Géo n'était pas trop choqué, on veillait sur nous, partout. Touchés par tant de générosité et de délicatesse (au-delà de l'âge de onze ans, la perplexité s'installe, puis l'irritation, le fatalisme, et l'on finit par penser que la terre n'est qu'un vaste terrain de bataille sphérique, où le calcul, la fourberie et la bêtise écrasent tout et font la loi), nous avons promis, à Tanja et Michele, à Salvatore, à tous ceux que nous avons côtoyés au cours de ces journées en équilibre, de revenir l'année suivante.

(Et donc, nous sommes revenus. Géo affichait un enthousiasme très relatif (mais nous lui avons expliqué qu'il n'y aurait absolument plus rien à brûler), je n'étais moi-même pas convaincu que ce soit une idée formidable (je suis raisonnablement superstitieux, je me disais que la mort nous avait loupés de peu et qu'il fallait être bien audacieux ou inconscients pour revenir la narguer sur le lieu même de son échec), mais une promesse doit être tenue, c'est une de mes seules lignes de conduite – une autre étant : « Ne fais jamais rien contre ta conscience », mais celle-ci peut être interprétée de tant de manières que ce n'est pas de la tarte. Le jour de notre arrivée cette année, nous étions à cinq cents mètres de Nido Verde, heureux de retrouver Tanja, Maria et Michele, quand j'ai deviné quelque chose qui venait vite sur la droite. C'était un gros oiseau. Il est venu de lui-même percuter l'avant de la voiture (c'était de sa faute, je vous assure). Dans le rétroviseur, je l'ai vu gésir éclaté au milieu de la route, j'ai pensé que ce n'était pas le meilleur des signes (la mort nous envoie son message de bienvenue, elle ne nous a pas oubliés – pas de bol, soit elle n'a personne d'autre à poursuivre (ce serait bien le diable), soit elle a vraiment une mémoire d'éléphant). Pendant les douze jours suivants, j'ai fait extrêmement attention à tout, nous tenant le plus loin possible, comme un allergique aux poils reste à distance des chats, de tout ce qui pouvait porter la moindre trace suspecte de mort en planque (dans l'eau, je ne quittais pas Géo des yeux, en voiture pour aller au village, je conduisais comme Babar). Géo, lui, ne se faisait plus de souci : les arbres morts avaient été coupés, il ne restait plus rien, sur des kilomètres, de la forêt magnifique, juste les plantes et arbustes qu'avaient vaillamment plantés Tanja et Michele, entourés à perte de vue de collines chauves – la tristesse et la colère qui montaient du cœur face à cette désolation n'étaient atténuées que par la force admirable de ceux qui vivaient là.

L'avant-dernier jour, le treizième (il serait parfois bon que je sois moins raisonnablement superstitieux), nous avons gaiement décidé de faire en bateau le tour des grottes qui dentellent la pointe du Gargano – la vigilance se relâche, c'est comme tout. (De plus, moi qui ai, rappelons-le, la trouille en mer, je n'arrive toujours pas à comprendre ce qui m'a pris de m'embarquer avec femme et enfant là-dedans – rester en vie enivre, je suppose.) Une petite croisière de cinq heures sur un genre de hors-bord géant qui emmenait cent personnes. Les grottes à l'aller (sublimes, mystérieuses, enfin bref), une pause d'une heure et demie dans une crique, et le retour au large. C'est exactement de cela que nous aurions dû nous méfier comme d'une fosse de poils de chat : le retour au large. (« Petits petits… », gazouille la mort.) En pleine mer, à fond les ballons, nous avons entendu des exclamations venant de l'arrière. Quatre-vingt-dix têtes se sont retournées, une épaisse fumée noire s'élevait du moteur. Le pilote, à l'avant, a coupé les gaz illico et, suivi par les deux autres membres d'équipage – en maillots de bain, à l'italienne, beaux ténébreux décontractés –, est allé voir ce qui se passait. Un moteur grillé, me suis-je dit, c'est ennuyeux, on va rester plantés là une heure ou deux, jusqu'à ce qu'on vienne nous chercher, mais ça n'a jamais tué personne. Or, pendant que les trois popeyes bronzés se penchaient au-dessus de l'hélice ou je ne sais quoi, une sorte d'explosion s'est produite à l'avant, sous le volant (la barre ?), et une épaisse fumée noire s'est élevée de là aussi. Tout le monde s'est mis à crier. Non, pitié. Je commençais à en avoir marre des épaisses fumées noires qui s'élèvent. Deux des matelots se sont précipités vers le poste de pilotage, beaucoup moins italiens que tout à l'heure. Une odeur de plastique brûlé nous a pris à la gorge puis, très vite, une odeur de bois brûlé – qui rappelait, vivement, des moments peu agréables. Géo me tirait sur le bras, les yeux épouvantés. « Qu'est-ce qui se passe, papa ? » (Sous-entendu : « Tu m'as menti, tu m'as trahi. ») Le plancher était bouillant sous nos pieds, il fallait les lever. Oum, qui venait de se réveiller, semblait se demander si elle ne rêvait pas encore. Des hommes se levaient et hurlaient des choses incompréhensibles à celui qui paraissait être le capitaine. Plusieurs personnes se préparaient à se jeter par-dessus bord. Le bateau était en train de prendre feu. J'ai regardé dans le casier qui se trouvait devant mes genoux, il était vide, il n'y avait pas de gilet de sauvetage. Ils étaient tous vides. Pas un gilet de sauvetage. Pas de canot, pas de bouée. Et tout pouvait exploser d'un dixième de seconde à l'autre. J'essayais de réfléchir à toute vitesse, mais ça ne servait à rien. Le rivage était loin. Oum ne nage pas très bien. Géo non plus, bien sûr. J'aurais peut-être pu rejoindre la plage seul, mais pas avec lui sur le dos. Dans un instant, trois secondes ou trente, nous allions devoir sauter à l'eau, et dix minutes ou un quart d'heure plus tard, je verrais couler Géo, puis Oum. C'était certain, il n'y avait cette fois pas la moindre possibilité d'y échapper. La peur, violente, était exactement la même qu'un an plus tôt, mais condensée en une minute. Les trois matelots ont ouvert une trappe et se sont précipités dans la cale enfumée. Au bout d'un moment, ils ont commencé à balancer à la mer des machins enflammés. Quand ils sont ressortis, couverts de suie et les mains brûlées, c'était terminé. Nous avons attendu une heure et demie, puis un autre bateau du même genre est venu nous chercher. La mort pestait, je suppose. Le surlendemain, sur le trajet du retour en France, j'ai offert à Oum son premier saut en parachute, pour son anniversaire. (Non, je ne suis pas un abruti borné qui ne comprend rien, c'était prévu et réservé de longue date.) Son parachute ne s'est pas ouvert. Elle s'est jetée de l'avion à quatre mille mètres d'altitude, grain de riz dans le ciel, et cinquante secondes plus tard, Géo et moi avons vu sa voile orange et blanche se déployer, se mettre aussitôt en torche, tomber, tomber, et s'écraser à flanc de montagne. Le cœur de Géo s'était arrêté, le mien aussi. (En fait, le moniteur qui sautait en tandem avec elle, s'apercevant du problème (le mot n'est pas trop fort), s'était débarrassé de son sac pour pouvoir ouvrir le parachute de secours. Ce que nous avons vu tomber sous la torche orange et blanche, ce n'était donc pas Oum et son ange gardien, mais le sac. De si loin, j'étais persuadé d'assister à la mort de ma femme, et Géo à celle de sa mère. (De près, elle n'a vraiment rien d'un sac.)) En revenant dans le hangar de l'aérodrome, le moniteur nous a dit qu'il avait sauté deux mille cinq cents fois, et que ça ne lui était jamais arrivé. Je ne suis pas sûr que nous retournerons à Peschici l'an prochain – c'est épuisant, il faut éviter de mourir sans arrêt, quand on part en vacances à Peschici, et même quand on en revient. La poisse rôde (d'un autre côté, en voyant les choses de manière plus positive, on peut dire au contraire qu'on a eu beaucoup de chance, et plusieurs fois de suite). S'entêter serait un peu risqué. Ou alors je me fais des idées, je m'inquiète bêtement, ça n'a rien à voir avec Peschici. Si ça se trouve, les plages enfumées, les bateaux qui brûlent et les parachutes qui ne s'ouvrent pas, c'est la vie qui est comme ça.)

De retour à l'hôtel, nous avons laissé nos achats dans la chambre et sommes descendus à la piscine avant le coucher du soleil. Oum, qui n'aime pas les piscines, s'est installée sur un transat, je me suis baigné avec Géo. Il n'y avait personne d'autre. C'était un moment d'une étrangeté indescriptible. Comment pouvions-nous être là, tranquilles, dans l'eau douce ? Quelques palpitations plus tôt, nous étions coincés dans une forêt en feu, nous nous disions adieu dans la mer en toussant, notre avenir se comptait en secondes, et soudain, nous nous retrouvions dans un lieu retiré, fluide et protégé – comme si nous avions été téléportés, propulsés dans une faille spatio-temporelle jusqu'à ces quelques mètres carrés d'eau claire. Le ciel était sombre et lourd de fumée, des canadairs et des hélicoptères à boule rouge allaient et venaient sans cesse au-dessus de nos têtes, le vent charriait de petites particules noires et l'air orangé sentait le feu, je faisais la planche dans le bleu à côté de mon fils. Oum est venue nous rejoindre. J'ai repensé à une phrase que

Géo avait prononcée à cinq ans, très sérieusement et sans raison apparente, alors que nous faisions la queue devant un guichet à la Cité des sciences (le couple qui se trouvait devant nous s'était retourné interloqué) : « Parfois, j'ai l'impression bizarre d'être moi-même. » Ce serait assez sentencieux dans la bouche d'un adulte, mais c'est à peu près ce que je ressentais dans l'eau. Et je me foutais de tout – d'autant plus en pensant à Ana Upla. Il faudrait peut-être payer intégralement la voiture de location (je n'avais pas souscrit d'assurance), il faudrait racheter beaucoup de vêtements et d'objets divers, mais ça n'avait aucune importance, même si je savais que nous étions déjà dans le rouge à la banque. Pas plus d'importance que si j'avais perdu une pièce de cinquante centimes. Je n'avais pas oublié ce que j'avais compris dans la mer : mes kilos en trop, mes cheveux en moins, les manies d'Oum, les ventes de mes romans, mon foie, mes poumons, mes dents, le cafard des jours d'automne, le boulot, les crédits et la jeunesse lointaine, je m'en foutais. Autant que le bouton des warnings et le pare-chocs de la voiture qui n'existait plus. J'avais l'impression bizarre d'être moi-même. Et je sentais qu'à partir de maintenant, je ne changerais plus. Plus rien ne compterait. Tout s'ouvre et s'éclaire, nous sommes vivants dans l'eau de la piscine.

Retour

Ce n'est que deux jours plus tard, quand les dernières flammes se sont éteintes, que j'ai pu descendre à pied constater les dégâts à Nido Verde. J'y suis allé seul, car le chemin était assez long et monterait beaucoup au retour. J'ai traversé, dans un silence de cendres, un cimetière d'arbres qui s'étendait de tous côtés aussi loin que je pouvais voir. Certains fumaient encore. J'avançais glacé entre les troncs noirs, plantés comme des croix tordues sur la terre grise. Ce paysage martyrisé sentait extraordinairement bon – la sève, l'essence de pin.

Je suis passé devant des ruines de maisons, une épicerie dont il ne restait que de la ferraille en vrac et des chariots déformés, un panneau publicitaire carbonisé (qui indiquait autrefois la direction d'un hôtel) sur lequel on ne distinguait plus que les fesses d'une fille en string. J'ai croisé Michele à moto. Il était évidemment bouleversé, meurtri comme s'il partageait dans sa chair le calvaire des arbres qui nous entouraient, mais je voyais au fond de ses yeux, comme dans ceux de Tanja sur le port, et percevais dans sa voix la volonté de ne pas se laisser abattre, d'être plus fort que tout ça, l'envie de continuer.

J'ai poursuivi ma descente dans ce décor pétrifié, seul au monde après une catastrophe nucléaire, et je suis arrivé à la résidence. Il n'y avait aucune trace de vie. Pas un lézard, pas un insecte, pas un bruit. Le restaurant était en grande partie détruit, mais les appartements semblaient avoir à peu près tenu le coup. Je me suis dirigé vers le nôtre. Une salamandre prenait le soleil sur un muret, près de l'entrée. La porte et les cadres des fenêtres étaient brûlés, les murs noircis, le séchoir à linge n'était qu'une masse de plastique informe, mais après avoir tourné la clé dans la serrure (et remarqué qu'Oum ma femme avait fermé à double tour), j'ai découvert que l'intérieur avait été épargné. Le feu, pressé par le vent, avait aux alentours bien d'autres choses à avaler, il ne s'était pas attardé sur ce qui résistait. Par contraste, tout dans l'appartement paraissait lumineux, coloré. Des vêtements étaient soigneusement pliés sur les lits bien faits, les disques étaient rangés près du lecteur, nos trois brosses à dents dans le verre au-dessus du lavabo. Une chambre d'enfant intacte dans une ville dévastée par une bombe. La terrasse était entièrement recouverte d'une poudre grisâtre, les paréos qu'Oum avait fixés à la corde à linge ressemblaient à de la dentelle sauvage, mitraillés de braises (juste devant, les arbres du petit parking, dans lesquels claquaient deux jours plus tôt les pommes de pin, n'étaient plus que des silhouettes torturées – l'année suivante, ils auraient été coupés, et sur le ciment qui reboucherait l'un des trous, quelqu'un aurait gravé trois chiffres : 24/7), mais les bols et les couverts de notre dernier petit déjeuner étaient là, dans l'évier encendré, les céréales de Géo, la bouteille de whisky, un jeu des sept familles. Nature morte des derniers instants sur terre.

Finalement, tout ce que nous avions perdu, c'étaient les chaussures japonaises que j'avais mises à l'abri dans le coffre de la voiture, volatilisées avec elle.

Nous ne sommes pas partis avant la fin prévue de notre séjour ici (simplement parce que nous n'avions pas envie de rentrer). Nous étions désormais les seuls touristes. Notre vie, ma vie, avait changé.

Un soir, chez Peppino, je me suis surpris à hésiter avant de commander une pizza quatre fromages. Le lendemain, en sortant de la piscine, je me suis senti gêné par le regard de l'une des jeunes employées de l'hôtel sur mon ventre. En passant sur une route trop étroite, j'ai légèrement éraflé contre un rocher l'aile droite de la belle voiture noire qu'Hertz Italie nous avait fournie en remplacement de la première (entre-temps, j'avais appris au téléphone qu'il faudrait payer, en fin de compte, neuf cents euros de franchise – ce qui n'est pas rien). Je m'en suis voulu, j'aurais pu faire attention, exactement la même bourde que lorsque j'avais fait demi-tour face à l'arbre en feu qui barrait la route (la vie ne nous apprend rien), je me serais foutu des claques, et pendant une semaine, une seule pensée m'a tourné en rond dans l'esprit : trouver de la peinture spéciale, noire métallisée, pour tenter de masquer les rayures (c'est autre chose qu'un bouton de warnings détraqué). Un matin, je me suis énervé contre Oum, que Géo et moi attendions pour sortir et qui ne s'arrêtait plus de remettre des objets à leur place sur la table de la chambre : « C'est bon, là, t'as fini ? » Elle n'a pas aimé. Plus tard dans la journée, nous marchions au soleil dans les rues pavées et désertes du village blanc, une glace à la main, et je me demandais comment nous allions payer le dernier tiers des impôts, en septembre. Mais c'est très bien comme ça.

Table

COMPOSITION : NORD COMPO MULTIMÉDIA
7 RUE DE FIVES - 59650 VILLENEUVE-D'ASCQ

Cet ouvrage a été imprimé en France par
CPI Bussière
à Saint-Amand-Montrond (Cher)
en janvier 2010.
N° d'édition : 100267. - N° d'impression : 91952.
Dépôt légal : février 2010.